문학과지성 시인선 182

희귀식물
엄지호

최석하 시집

문학과지성사에서 펴낸 지은이의 시집

바람이 바람을 불러 바람 불게 하고 (1981)
물구나무서기 (1987)

문학과지성 시인선 82
희귀식물 엄지호

펴낸날/ 1996년 7월 30일

지은이/ 최석하
펴낸이/ 김병익
펴낸곳/ ㈜**문학과지성사**
등록번호/ 제10-918호 (1993. 12. 16)

서울 마포구 서교동 363-12호 무원빌딩 (121-210)
편집: 338) 7224~5 · 7266~7 FAX 323) 4180
영업: 338) 7222~3 · 7245 FAX 338) 7221

ⓒ 최석하, 1996. Printed in Seoul, Korea
ISBN 89-320-0828-0

값 4,000원

문학과지성 시인선 182

희귀식물 엄지호

최석하

1996

自 序

9년 만에 세번째 시집을 낸다.

이 동안 주로 대구 경북 지역의 지면을
통해 발표한 졸시들이다. 마음찾기가 아니
라 마음장난 같은 낭패스런 것들도 더러 눈
에 띄지만 빼지 않았다. 홀가분하다.

이 시집 역시 또 다른 짐이 될 걸로 생각
해버리니 참 홀가분하다.

1996년 7월
최 석 하

희귀식물 엄지호

차 례

▨ 自 序

▨ 해설 •

희귀식물 엄지호

　도청 공보계장 엄지호는 이 시대의 희귀식물이다
　음지에서 자라는 이름 모를 민초를 빼닮았다 눈빛
과 목소리가 그렇고 숱한 남의 자식 키워 장가보내는
마음씨가 또한 그렇다 며칠 전 그가 혼주 되던 날 바
람은 왜 또 그리 세차게 불던지
　그가 늘상 지니고 다니는 마른버짐 같은 오랜 수첩
에는
　이런 숫자 놀음이 적혀 있다
　내게 더 큰 위안을 주는 이유다

　1982. 4. 16. 1983. 4. 14. 1984. 4. 17. 1985. 4.
13. 1986. 4. 11. 1987. 4. 8. 1988. 4. 13. 1989. 4.
4. 1990. 4. 2. 1991. 4. 12. 1992. 4. 4. 1993. 4.
7. 1994. 4. 6. 1995. 4. 8.

―벚꽃 만개일―

복수초

    음력 정월 흰 눈밭에 마치 저항하듯 노오란 꽃잎
내미는 풀꽃 福壽草가 멀리 신라 문무왕 수중릉이 내
려다뵈는 벌산에 뿌리 뻗쳐 나란히 몇 포기 피어났기
로 구길국민학교 어린이들이 마구 재잘댄다 남쪽 아
래로는 감은사지 두 탑신이 지켜섰고

    일본놈 복수할라고 핀다 카재.
    앙이다, 그냥 고와서 안피나.
    그라믄 와 이름이 복수초고?
    북한 괴뢰군한테 이길라고 피는 기라.
    맞다. 맞다.
    야, 여어도 폈다.

은어길

몇 해 전 대종천을 가로질러 콘크리트 수문을 만든 뒤로는 영 볼 수 없게 된 은어떼다 수문 한켠에 타고 오르기 쉽도록 비스듬히 길을 만들어놓았지마는 이 인공의 길을 마다한 은어떼

한데 시방 난데없이 수초들 사이로, 내 갈비뼈 사이로 은어들이 헤집고 다니는구나 한 중년 낚시꾼이 저만치 둑 아래서 눈보시게 은어 내장을 훑어내고 고추장에 찍으려니 꼬리란 놈 그 양반의 두 뺨을 이쪽 저쪽 갈긴다 탁탁 수박 향내 튀기며. 아득함과 시간.

새 콘크리트 길바닥이 물살에 씻기고 수초가 자라 미끄러울 대로 미끄러워졌지만서도 은어의 그림자도 안 비치는데.

나는 소매치기

내 친한 친구 가운데 소매치기가 한 명 있네
그의 말을 빌리면 공중 변소칸에서 노크하듯
그리고 전철칸에서 신문을 펼쳐들 듯
별 생각 없이 남의 호주머니들을 노려왔다네
내가 그를 처음 만났을 때 그의 눈은 빛났네
33세 해맑은 얼굴의 수줍은 소매치기 두목
그가 털어놓은 과거사는 정말 엉뚱했네
그는 일찍이 소매치기 패거리한테가 아니라
다른 선량한 사람들한테 무수히 사기당하고
배신당하고, 얻어터지고, 실신당하고, 실연당하고
무수히 감방을 들락거리며
일테면 돈에 속고 사랑에 속았네
그뒤 어느 날 우린 서로 만원 버스칸에서 맞닥뜨렸
는데
나는 쪼다같이 말 한마디 건네지 못했네
한데 순간 나는 앞뒤 옆옆으로 나 자신의 모습들을
발견해야 했네
제일의 바람잡이와 제이의 바람잡이와 제삼의 바람
잡이들
내 손바닥에 감춰진 면도날

나는 칼을 입 안에다 물면서 혁띠 뒤에 숨기면서
그 동안 얼마나 많은 사람들을 노려왔던가
복잡한 역 대합실에서 남의 양심의 주머니들을 째
고, 빼고
담뱃불 좀 빌립시다! 나는 오늘도
웬 낯선 사람한테 말 붙이는 바람잡이.

낮 술

  우리 일행은 방안에서 화투판을 벌였고
  주인은 개이름인지 뭔지를 거푸 불러댔소
  그러자 뒷다리 하나가 없는 웬 잡종견이 모습을 드
러냈소
  주인이 손으로 야산 중턱의 여러 마리 닭들 중 한
마리를 솎아내듯 가리키자 이내 달려갔소
  잘 훈련된 몸놀림과 뒤뚱거림과
  그 토종닭과의 쫓고 쫓김의 시간과 물고 물림의 시
간
  허나 닭울음 소리가 온 산을 찢는 데는 그리 긴 시
간이 필요치 않았소
  일행의 낮술을 위해 개는 벌써 닭을 물고설랑
  헉헉거리며 내려오고 있었소그려
  칼을 쥐고 기두리는 주인의 모습이 화투짝 너머 겹
쳐 보였구려
  피 묻은 앞치마와 매연 없는 푸른 하늘과
  정오 가까운 시간.

등 산

보성암을 쉬엄쉬엄 오른다

산 곳곳에 꽂힌 푯말들이 사람들을 힐끗힐끗 붙잡
는다

　　——차량통행금지,　자연보호,　취사금지,　쓰레기를
　　　　함부로 버리지 맙시다, 자수광명, 산불조심, 자
　　　　연보호, 자연보호

멀리 대웅보전의 처마끝에선 산성눈이 기왓골 타고
녹아내리고 있었다

물줄기의 반짝거림 눈부심

한켠에 연탄들이 잔뜩 쌓였는데 산토끼 한 마리 후
닥닥 바위 밑으로 달아나고

희디흰 눈 속에 피어난 춘란 한 포기

가는 잎새 하나 토끼가 갉아먹은 흔적으로 남았구
나

잎면에 뚜렷한 하얀 호피반 무늬

잎의 유연한 곡선은 그 조촐한 品으로 나를 껴안고
산을 껴안고 삼라만상을 껴안고

어느새 바위를 벼껴든 볕

　　——경고. 이곳은 스님들이 공부하는 곳입니다.　무
　　　　단 출입시에는 정신적 육체적 문책을 당함.

푸른 섬 1

대나무 막대기 단 작은 배 하나 유람선 뒤로
저만치 벼켜나고 있었다
잔잔히 일렁이는 파도
구름 한 점 없구나
배들보다 차들이 더 많이 정박했던 어촌 마을을
떠나온 지 한 시간쯤 지났을까
가물가물 떠오른 생각처럼
섬은 아주 더디 나타났다
갑판 한복판에선 한창 왁자지껄 화투판이 벌어지고
있었다 한쪽에선 고기 굽는 냄새들 종이 술잔과 음료
깡통들이 나뒹구는가 하면 다른 한쪽에선 손뼉 치며
노래부르는 젊은 패들 춤추는 아낙네들 더러 뱃전에
서 뱃멀미를 심히 하고 토해쌌고 선루의 선장은 조는
지 꿈쩍 않고 몇 대의 카메라가 이 난장판을 담고 있
었다
지척으로 바라뵈는 푸른 섬은
가도가도 잡힐 듯 멀어져만 가고.

푸른 섬 2

뱃머리에서 팔을 걷고 올려다보니
어느새 괭이갈매기 똥들이 개칠한 천층만층 칼바위
산이
우뚝 눈앞을 가린다
역시 갈매기 똥들이 덕적덕적 붙은 돛단배들
예닐곱 척이 푸른 섬을 에워싸고 있었다
이 푸르른 공간을 온통 메운 수천, 수만 마리의 괭
이갈매기떼들
괙 꽥 꽥 액 꽥 꽥 꽥 꽥 꽥 꽤 액 액 액 꽥 꽥 꽥
꽥 꽥 꽥 괙 괙 괘 괘 괘 괘 괘
색안경 낀 사람들의 침입을
사생결단으로 가로막는 이 울부짖음들
깎아세운 기암절벽과 사초과의 갈매기풀들
비탈진 바위벽에서 더러 짝짓기하는 새들
마른 풀잎의 둥지들
망원렌즈의 근접 촬영으로 잠시 흐려지는 배경
최남단 무인고도 푸른 섬.

푸른 섬 3

유람선은 닻을 내리고자 섬 주위를 반바퀴쯤 맴돌
았다 바위너설마다 마치 소라딱지처럼 들러붙은 낚시
꾼들 더러는 바위 틈에 박혀 꼼짝 않았고 더러는 게
딱지처럼 바삐 바위 위를 옮겨다녔다 이들이 낚싯줄
과 함께 무심코 내던지는 라면 봉지들이 깡통이며 나
무토막이며 썩지 않은 스티로폼이며 오만 잡동사니들
에 섞여 떠다녀 기름띠처럼 몰려다녀

섬은 점령당하고 있었다

내가 입을 열 때마다 입 안에서 넘실대는 바닷물
내 목젖과
수초 사이로 점점이 사라지는 물고기떼
혓바닥 밑으로 몸 숨기는 모래무지같이 생긴 놈과
모래에 파묻힌 박카스병과 헌 구두짝

어둠살이 끼기 시작한 섬 끈적한 바람 여기저기 연
줄에 매달려 꼬드기는 괭이갈매기들

섬은 온통 울부짖고 있었다.

푸른 섬 4

사람 손이 닿지 않는 벼랑에 둥지 틀고
새끼 키우는 괭이갈매기마냥
벼랑에 걸려 있는 우유팩 하나
햇볕에 반짝거리는구나
갈매기떼 덮인 외딴 섬

점점이 흩어지는 배들 섬 남쪽
물밑은 온통 산호공원이다
가시산호 방울산호들
무리져 다니는 온갖 물고기떼며 해조류며
그 사이를 비집고 들어가
산호 가지 끝에 매달린 채
꼬리재롱 떠는 웬 검정 비닐 보자기.

고인돌

그 시절 TV 코미디 프로그램 '고인돌'에선
원시인들이 커다란 방패를 들고 나와
돌싸움질을 일삼았고
뉴스 화면마다 역시 방패와 방독면으로 분장한 경
찰관들
따 따 따 지랄탄을 쏘아댔겠다
에취취!
"복종하자" "저항하지 말자" 붉은 글씨의 머리띠
두른
이들이 차도를 마구 질주하오
인도 한편에선 문명인들이 저마다 화난 얼굴로
스마일 배지를 팔고 사는구려 화난 얼굴들이
일제히 콜록콜록 골목으로, 골목으로
뿔뿔이 우르르 탕탕
"여기 낙서 쓰는 눔 개새끼!"
공중변소마다 가득한 낙서들, 낙서詩들
감방마다 無名詩들, 찬란한 벽화들 눈부시네그려
"맨 처음 이곳에 와서 한 일은 똥씹이었다 두번째
한 일도 똥씹이었다 세번째 한 일도 똥씹이었다 나하
고 똥씹했던

수많은 도둑과 사기꾼들 줄줄이 석방되고……"
그 시절 도둑들은 감방이 비좁아 하릴없이
석방됐고
헛좆 꼴리게 만드는 세상
시인들과 원시인들의 세상.

수족관 없는 집

우리 넷이 마을버스 정류장에 도착했을 때
어시장 사람들과 뱃전의 갈매기떼들로 해서 주위가
온통 시끄러웠다
하나, 저만치 그물에서 나는 비린내와 함께
싫지 않은 사람 사는 소음이었다
우리가 찾은 곳은 유일하게 수족관이 없는 작고 허
름한 횟집이었다
문 앞에서 주인 남자가 언 손으로 도다리를 잡아
횟감으로 만들고 있는 판판한 도마
식당 안은 땀내와 땟국내 풍기며
일행 다섯이 난롯가를 차지하고 있었고
한눈에 바닷가에 기대어 사는 고단한 사람들
여자 혼자 이것 하랴 저것 하랴 바지런을 떨었고
우리는 한구석으로 가 앉자마자
각자 상 위를 휴지로 마뜩게 닦는 일부터 후딱 시
작했고
소주며 무침회며 고봉밥이며 이들 앞에 먼저 놓였
다
한데, 무엇보다 내 눈을 끈 것은
상 위에 떨어진 초고추장을 손가락으로 훔쳐 입으

로 가져가는 모습이었다

　수염이 꺼칠한 오십대 후반의 이 얼굴이야말로

　생명의 참맛을 아는 성싶었다

　생명을 결코 해코지 않을 얼굴

　이들이 서둘러 빠져나가자, 하나요! 둘이요!

　생선 마릿수 세는 소리가 바깥에서 잔잔히 들려왔
다.

살얼음판

아이는 썩은 물 냄새 나는 살얼음판
강기슭에 앉아 있었다 언 손 호호 불며
쭈그리고 앉아 물오리떼를 한 마리씩 세고 있었다
오리들은 흰 거품 쌓인 물 위에 떠
연해 부리를 밑으로 처박곤 한다
느린 물살에 떠내려가다가 풀풀 날다가 다시금 내
려앉았다가
여태 절반밖에 녹지 않은 강골
건넛마을에는 설빔으로 차려입은 껄렁이들이
외발제기 차랴 모닥불 지피랴 검불 연기를 뿜어올
려쌌고
난데없이 얼음 깨는 폭음과 함께 전투비행기 한 대
가 떠오르는가 싶더니만
잇따라 몇 대가 더 떠올라 점점이 사라지고 있었다
아이는 엉겁결에 일어서 비행기 수효를 큰 소리로
센다
쌀가마 실은 자전거 하나 차츰 이리로 오고 있고.

해돋이
──이재행 詩人 병상에

나는 술 퍼마시다가
설미친 놈마냥 혼자 히히거리고 웃다가
웃음 소리가 바닷물 소리, 바닷바람에 섞여
민박집 조선 창호지 문을 줄창 흔들다가
날밤 새우며 이켠 저켠에서 화투짝 꼬나쥔
꾼들 살벌한 뒤통수 안주 삼아
소주잔을 비우고 또 비우다가
웃음 마르고 소주병도 바닥나고
조금씩 남은 맥주병들 죄 바닥나고
바닷물 소리, 바람구멍 허한 내 가슴 뚫고
아침해가 불그레 돋는구나
젖어 있는 해
허허바다.

쇠백로

태풍이 몰고 온 집중 호우는 타들어가던 금호강을 금세 철철 넘쳐흐르게 만들었다 하지만 내가 외톨이가 된 지 이틀 만에 먹이라곤 처음으로 쪼아서 삼킨 이름 모를 물고기 잔챙이 한 마리가 이토록 역한 냄새와 함께 복통을 일으킬 줄이야 나는 그만 정신을 잃고 말았다 가물가물 깨어나니 동네 악동들이 나를 비틀어대거나 쥐어메고 마구 소리치며 강둑을 내닫고 있었다 무엇이 꼬였는지 나는 또다시 기절했고 오거리 시장 바닥의 참외 노점 할배 곁에서 가쁜 숨을 몰아쉬고 있는 게 아닌가 바로 그때 중년 아주머니 한 분이 다가와 할배한테 속삭이더니만 날 품에 안고 갔다 메스꺼움과 까무러침 속에서의 잠시 포근함 하지만 강물 냄새가 점차 코끝에 와 닿자 나는 살려달라고 마지막 발버둥쳤고 아주머니는 아파트 쪽으로 가다 말고 강둑으로 향했다 저만치 낚시꾼 곁으로 가설랑 붕어 새끼 네댓 마리 얻어다가 그 중 한 마리를 내 부리를 벌시고 넣어주었다 하지만 향긋함을 맛보기엔 이미 때늦은 것을 힘있게 구부러졌던 내 모가지 어느결에 힘없이 풀어졌고 아주머니는 나머지 물고기들을 방생한 뒤 호박이 열려 있는 풀숲에 날 숨겨준

채 애처롭게 돌아섰다 마지막 버티던 두 넓적다리 끝
내 모로 쓰러져 있었다.

　나는 망각의 아주 짧은 시간 속으로 날개를 활짝
펴 날기 시작했다 공중에서 내 희디흰 몸뚱어리가 풀
숲에 쓰러져 있는 것을 환히 내려다볼 수 있었다 눈
의 홍채는 빛을 잃은 지 오래고 긴 부리도 벌어져 개
미들이 들락거렸다 넓고 푸른 바다와 눈부신 햇빛과
크고 작은 몇 개의 무지개와 흰 구름떼가 내 눈앞에
나타난 것은 바로 그때였다 아주머니는 조류협회에
전화하랴 개숫물 치우랴 설치더니 드디어는 뛰쳐나와
두 뼘 가웃한 내 주검을 마치 보자기에 감싸듯 거두
어 강물에 띄운다 수백 마리의 쇠백로떼가 새끼들에
게 먹이를 나르는 어느 하구의 장관이 펼쳐지는가 하
면 굵고 쉰 낮익은 목소리가 내 귓전에 다가온다 아
주머니는 벌써 어미새로 변해 있었다 뒷머리의 하얀
갓깃과 가슴의 장식 깃털 아주머니가 쇠백로였을 적
에 나는 어부였던가 첩첩의 세월 내 넋의 희미한 기
억이 뚜렷한 영상과 함께 한참 겹쳐지고 뒤섞인다 웬
굵고 쉰 낮선 목소리가 이끄는 대로 향기 가득한 오

색구름떼 사이로 아주 먼 시간 저편으로 나는 지금
날아가고 있다.

체념의 땅

속초의 택시 기사 박씨는 말했다
고성군에서 나서 고성군서 늙어가지만
자기 몸은 두 동강났다고
하필이면 이놈의 휴전선이 이 몸뚱어리 위를 가로
질렀을까
바로 저기 통일전망대에 올라서면
북한 고지 깃발의 고향 땅이 지척으로 바라뵈지만
못 가니 더 속이 타는 박씨다
할아버지 아버지 산소는 더 이상 나갈 수 없는 땅
군사분계선 근처라 영 체념하고 살다가
몇 해 전 민간인 출입이 터가지고 맨 먼저 찾아나
섰지만서도
이 묘가 저 묘 같고 저 묘가 이 묘 같아
구멍 뚫린 철모 곁에 다 삭은 군화짝만 눈에 들어
왔을 뿐
거진읍내 냉천리 건봉사의 여러 참배객들 틈에서
오늘도 명복을 비는 박씨다
이 근년엔 지뢰밭이 솔찮이 매매가 이뤄진다나 쯧
쯧.

잔인한 시대의 술꾼

술꾼의 암 발생률이 보통 사람의 세 배라는 얘기
들어보셨소?

맥주를 많이 마시면 직장암에

포도주와 위스키를 많이 마시면 폐암에 잘 걸린다
던가요.

글쎄요, 맥주의 나라 독일이나 포도주의 나라 프랑
스에선 오히려

암에 걸리는 사람들이 더 적다던데요.

이 겨자를 많이 먹어도 암에 걸린다지 않소. 헛헛

회접시 위에선 여태 죽지 않은 도다리가 아가미를
떠들시고 한숨을 몰아쉰다.

겨자라니 생각하는데 요즘 이란·이라크전에선 겨
자폭탄을 사용한다지요?

희생당한 병사들 모습을 TV에서 봤소. 처참하기 이
를 데 없더군.

비둘기를 미사일 목표물 추적에 이용한다는 얘기
들어보셨소?

예, 돌고래 뱃속에 폭발물을 장재한다는 얘기도 있
고

사람의 초능력으로 미사일을 떨어뜨리는 훈련도 한

다지 않소.

　기막힌 아이디어로군요.

　그때 생선이 또 한 번 죽지 않은 시늉을 해보이자 여자가 옆에서 깻잎으로 눈을 가려버렸다.

　이것 마시고 직장암에나 걸려 뒈져라!

　도다리의 눈이 깻잎을 꿰뚫고 있었다.

얼음 낚시

공장 굴뚝의 허연 연기가 거의 끊긴 곳까지
나는 먼 길 걸어왔다 산간 계곡
구명 조끼에 방한모 차림으로 얼음 구멍 파고 있
었다
두께가 10cm는 될 성싶은 얼음판이 순간 짧게 울
었다
아까 얻어먹은 사발막걸리 탓인지 덧난 상처 탓인
지 몸이 후끈거린다
모닥불과 물밑 수초 위로 더디게 움직이는 지렁이
와 팽팽한 긴장과
낚싯줄과 손의 굳은살과 턱뼈를 괸 채,
잠이 덜 깬 붕어 두 마리 얼음 바닥에 나자빠졌는데
그 중 한 놈의 등이 굽었는지 들여다볼 일이다
구겨진 백지장 풍경이다.

녹슨 바다

동해안 따라 끝도 없이 쳐진 녹슨 철조망
바라보면 바라볼수록 아름답다 눈물겹도록
녹슨 아름다움과 등이 휘어진 지평선
그 너머 어망을 건져올려 지겹도록
땅에 깔아 말리는 어부의 굽은 등허리
녹슨 모래 땅
녹슨 바다.

술 값

　'축복'엔 요즘 안 가. 술값도 비싸졌고…… '모퉁
이집'에 거의 매일 나가지. 새로 개척했어. 빈대떡
한 장만 갖고 술 먹을 수 있지만 돼지고기 좀 굽고
하면 이만 원은 있어야 돼. 한데 그 옆의 '보리밥집'
엔 만 원이면 족해. 공짜로 생선조림도 나오고 말야.
오천 원만 쥐면 되는 데도 있어. 그 골목엔 그런 데
많아. 한번 와봐. 그런데 말씀야 내 술값은 부고장이
나 청첩장이 해결해주거든. 마누라쟁이가 죽을 맛이
지만 어떡해. 헛헛. 당신도 정년 퇴직해봐. 이건 내
노하우야. 그림? 똥파리 그림은 손 떨려 못 그려. 요
즘은『태백산맥』읽는 재미로다 살지. 헛헛헛헛.

살 생

나는 집 앞에서
바퀴 한 마리를 발로 짓이겨버렸다
순간 날쌘 발놀림에 스스로도 놀라고 있었는데
등뒤에서 집사람이 한마디했다.
——바퀴가 아니란 말예요. 이름은 저도 몰라요.

낯선 발놀림의 기억은 좀체 지워지지 않았고
온종일 살생

막장 일지

나는 탄광 막장말고는 빌붙을 데 없는 몸이다
군밤장수, 좌판 책장수, 막노동, 야바위꾼
라이터 수선, 냉차장수, 포장마차, 번돈 날리기
제기랄! 내가 여태 손 안 댄 게 뭐던가
막장이야말로 내가 마지막 숨쉬고 사랑하는 애인이다
교대 후에 걸치는 한잔 술 같은 푸근한 여자
한데, 내 사랑하는 분진의 세계에
어느 날 갑자기 훼방꾼들이 나타났다
근로복지공사 진폐연구소 연구원들인지 뭔지
분진을 포집한답시고 함부로 들이대는 불빛
나는 그 눈선 불빛의 현장에 40도의 지열과
질척이는 장화 안창 견디며 비켜서 있어야 했다.

전국 각지로부터 온갖 사람들이 모여든다고 해서
한때 이곳은 13도 공화국이라 불렸었지. 하나, 지금
은 도로 뿔뿔이 흩어져가고 있다. 거리 구석구석에
쌓인 시커먼 탄가루들. 여기저기 문닫은 광업소들.
김나는 석탄이 줄줄이 광차에 실려나와야 할 갱구들
은 어느새 폐허의 구멍으로 뻥 뚫렸다. 관내 서른여
덟 군데 광업소들 가운데 벌써 열세 군데가 폐광 신

청 낸 뒤 문을 닫아걸었다. 문닫은 술집, 상점들도
눈에 띄게 늘고 있다. '점포 세놓음' 닫힌 철제 셔터
의 안내문들. 찝쩍거리는 남정네 찾아 밤거리로 쏟아
져나오던 직업 여성들도 발길이 뜸해졌다. 매상 곤두
박질치는 술집이나 다방, 음식점들뿐만 아니라 일
반 가게와 시장, 식육점, 택시, 이발소, 약국 그리고
부동산 따위의 전업종으로 번져 지역 경제가 쇠통 몸
살을 앓고 있다.

발파 사고로 한짝 팔 잃은 대졸 광원 박씨가
눈에 불켜 외팔로다가 건네는 술잔의 의미
머리띠 맨 타지역 광원들의 파업 시위를
흔들리는 텔레비전 화면으로들 지켜본다
'도급제 철폐!' 붉은 글씨의 구호들 어지럽구나
술집으로 다방으로 국수 내기 바둑으로
오늘도 인생날 비웃고 불안한 눈길 주고받으며
실직한 광원들이 떼거지로 어슬렁거린다
혼자가 아닌데도 새삼 느껴야 하는 고독
내남없이 힘주었던 팔뚝들 놓아버리고
속처박는 당국의 실직 위로금이야 구직 활동비야

받아내려 여직껏 못 뜨는지 아니면
잔보따리 병보따리 딸린 식솔들 데불고
찾아나설 데가 눈 씻고 봐도 없는지
이들한테는 하루 해가 너무 길다
의료보험카드도 반납해 농상 치료마저 끊긴 지 오
래다
붓던 적금과 보험도 일찌감치 해약해 써버렸고.

막장에 웬 훼방꾼들이 다녀간 지 그 며칠 만이냐
진짜배기 침입자들이 들이닥쳐 우릴 끌어냈다
다짜고짜 청진기를 내 비썩 마른 가슴에 쥐어박고
엑스레이 사진을 펑! 박는가 하면
두 콧구멍을 집게로다가 꼬옥 집고설랑
무슨 놈의 깔때기를 입에 들이대 숨을 들이쉬란다
"자, 숨쉬지 마세요! 배 움직이지 마세요"
드디어 진폐증이란 죄명을 덮어씌우나보다
한평생 씻지 못할 무거운 죄명이다
물이 터졌다!고 외쳐대던 지하 갱도의 아비규환 장
면이
퍼뜩 머리에 떠올랐다가 한참을 머문다

낙반과 붕괴, 가스 폭발 따위 막장 사고로
무시로 들것에 실려나가던 것을.

우리한테 주어진 거라곤 시커먼 동굴뿐
땅 밑에 살면서 하늘 위를 휘청휘청 걷는다
앞다리가 분질러진 박쥐를 본 적 있는가?
칠흑의 세계, 박쥐들의 세계
철새와 술꾼, 노름꾼들의 세계
무협지를 읽고 또 읽는다
똥물에 파도칠 날만 기다려온 10년 세월
하나, 사타구니 같은 이 동굴이 맘에 든다
동굴 같은 여자 사타구니가 맘에 든다
끗발 좋은 내 주민등록증 번호 언제 한번 잡지?
제길, 광 팔고 피바가지 씌우고.

당국의 우라질 합리화 시책인지 뭔지
잘 안 되는 광업소 문닫게 하고
해외에서 값싸고 질 좋은 석탄 사들여온단 소문이
퍼지고 난 뒤부터 이곳은 술렁거렸었지
폐광, 폐광 속수무책인 이 연쇄 도산

탄광서 번 돈 사회 나가면 맥 못 춘다는 둥
가장 만만해 뵈는 포장마차 자리 하나도
밑천이 기백은 있어야 한다는 둥
실의에 빠진 이들의 한숨만 깊어가고
옹이 박인 나무 같은 굳은살 손마디로
재취업을 나가려고 건강 진단 받는 이들
시방 이곳에서 불티나게 잘되는 건
병원하고 이삿짐센터, 고물상들뿐
쇠파이프야 레일이야 에어컴프레서들이
죄다 고물로 뜯겨나가고 있다.

"어머니 보고 싶어요." "배가 고파요." 갱도의 낙서
들. 텔레비전서는 일제 강제 징용의 실상을 새삼 보
여주고 있었다. 밤낮으로 맨발에 주먹밥 얻어먹으며
병들고 죽어갔던 징용 한국인 집단 수용소가 판잣집
으로 남았구나. 죽음의 광장. 지옥의 탄광. 지쿠호
탄광 지역의 무명 한국인 묘들. 청태 낀 비석에 잡조
우거진 구덩이들. 화장할 석탄조차 아까웠던 생매장
의 현장.

사랑하는 분진이여, 부서지는 포말처럼
다시금 우릴 포근하게 감싸다오 지켜다오
아무도 끌어내지 못하게시리 숨겨다오
　방진복과 작업복과 장화, 안전모, 방진 마스크, 척
추 보호대, 축전지 벨트에 막장 도시락 차림새로 다
시 일으켜세워다오 내 비록 타는 입술로 쉼없는 건기
침에 먹가래를 뱉을망정 언제까지나 수직 갱도의 두
더지로 살아남고 싶구나. 난 앞으로 할 일이 무지무
지 많아. 결국 끊지 못했던 담배 인젠 끊어야재. 갱
내 안전 자격증도 따가지고 감독도 되고. 남의 애보
기, 식모살이, 품삯일, 식당일로다 잔뼈가 굵은 참한
사람 만나 결혼식부텀 정식으로 올리고. 들것에 실려
나가 나무코트 입는 날까지 그래 갱도 천장 하늘로
알고 살아가고 싶소.

천변의 오백여 채 사택촌 가운데는
녹슨 자물쇠 채워진 빈집들이 늘고 있다
군대 막사 같은 슬레이트 지붕들
유리창과 문짝들 다 떨어져나가고
바람막이 비닐들이 찢긴 채 펄럭인다

을씨년스런 유령마을 발길 끊긴 공동 화장실.

여기저기 광차와 인차들 나뒹굴고 있는
황량하기 그지없는 채광 현장들
광차 바퀴에 얼어붙던 검은 고드름덩이 온데간데
없고
붕락과 침수로 더 이상 손쓸 수 없게 된 갱도엔
어느새 맑디맑은 물이 흐르고 있었다
금세 받아내도 한 됫박은 됨직하다
금세 땅강아지 한 마리 기어나올 성싶다
휘어진 레일 너머로 도망치는 새앙쥐 새끼
한켠엔 레일 받침목감으로 썩어가는 목재 더미
탄가루에 거매진 안전모 하나 나뭇가지에 걸려
서녘의 지는 해를 가리고 있네
반쯤 땅바닥에 묻힌 검은 화투짝들
제기랄, 이대로 시간은 영 멈춰버린 걸까.

겨울 샀꾼들

검정 고무장화 신은 시린 발
시냇물에 잠긴 명태들 건져올려
나무틀에 거는 샀꾼의 시리고 아픈 손
비닐끈으로 아가리 꿰매는 아낙네들과
짚으로다 몸통 묶는 남정네들 사이를
삭풍도 쉽사리 갈라놓지 못하는지
왁자지껄 웃음 소리 끊이지 않구나
오늘도 용사리마을 토박이들은
명태 말리기에 들썩하고 시끄럽다
맨탕 놓고 먹을 수사 있나요?
암, 한 푼이 무섭지러. 헛헛허
겨우내 명태는 얼었다 녹았다 하며
눅눅하고 누우런 황태가 된다던가
벌써 눅눅해진 놈 한 마리 분질러서
고추장에 쇠주잔 기울일 적만
잠깐 힘차게시리 고무장갑 벗는다
쭉 가차이 둘러앉은 연탄불 기운이냐
아서라 봄을 알리는 훈풍의 자락
명태 실은 낡아빠진 경운기 한 대
힘겹게 틸틸거리며 자갈밭길 굴러가고
어느새 가물가물 지워지던 샀꾼들 모습.

청계천변 1

　그 시절 동대문 전차 종점께의 청계천변엔
　미제 콜라, 맥주 깡통 들로 지붕한 판잣집들이
　게딱지처럼 따닥따닥 붙어 있었는데 사내는 밤중에
나무다리 위를 활보하며
　오징어도 사고 땅콩도 사고 별 얄궂은 잡지도 사고
　가스불 아래서 별 얄궂은 사진도 기웃거리다가 여
자가 붙어 찝쩍거리는 대로
　삐걱거리는 나무다리의 난간에 매달려
　여자의 가늘어빠진 팔목과 팔찌도 매만지다가
　몇 해 전 항구에서 만났던 엄전한 얼굴을 기억해내
다가
　어느 산동네를 퍼뜩 머리에 떠올리기도 하면서
　짐짓 팔찌에 코가 꿰어가지고
　더 이하로 내려갈 수 없는 퀴퀴한 판잣집으로 따라
내려갔다
　기름때 묻은 작업복에서 떨어진 전당표 아니면 극
장표 같은 걸
　가리키며 여자는 이게 뭐냐고 물었고
　불온 삐라는 아니라니깐! 광신도마냥 말없이 쏘아
봤고

여자는 돈을 건네받으며 껌을 짝짝 씹었는데
통금 시간이 호루라기 불며 골목으로 막 들어서고
있었다
미처 봉하지 못한 널빤지 벽의 작은 창 하나
근사한 초승달이었어.

청계천변 2

그 시절 청계천을 바라본 이들은 기억할 게다
판잣집들이 이층, 삼층으로 빽빽이 들어차 있던 것을
집이란 집은 모두 놋요강처럼 누렇게 부황뜬 얼굴들
깡통 쓰레기들과 파리떼와 거미줄과 잡초뿐인
천변에 무질서하게 박힌 수상 가옥 받침목들은
왜 그리 또 삐딱하고 앙상했던지
여기저기 창문을 온통 가린 울긋불긋한 빨래들. 연
기들. 펄럭이는 판자들.
가차이 다가가 볼라치면 판자에는 여태
철사가 끼인 채 쭈뼛쭈뼛 남았고
꼬부랑 글자며 ×표 같은 페인트가 대바구니 앞에
서 연해
무얼 중얼거리는 노파의 검버섯처럼 그대로 남았다
등에 업은 아이 달래며 물가에서 빨랫방망이질하는
아낙과
바닥이 말짱 드러나뵈는 물에 비친 허연 허벅지
암고양이 한 마리 곁에서 졸고 있고

청계천변 3

그 시절 청계천변의 밤은
어둠보다 더 깊고 더 절망했다
동짓달 기나긴 밤 두 딸년 기다리며
해소기침 소리 깊어가는 박씨의 돋보기 안경 너머
나지막한 전봇대 그림자 희미하구나
아침이면 변소칸 앞에 왕창 줄서 서성이는 이들
무시로 울며 껄떡이는 아이들
줄넘기하는 코흘리개 계집아이들
찢긴 영화 광고지 밑에 걸인 하나 쓰러졌고
새점 치는 아저씨 혼자 죽치고 앉았다
신문지와 손거울로 도배한 벽에 희미한 새벽달 그
으며
딸년 인제 돌아오나보다 술 냄새 짙게 풍기며
웬 컹컹 개 짖는 소리
야근조의 딸년 하나 파김치돼 여태
공장 탈의실에 쓰러졌는데.

목타는 땅

목타는 땅과 공해에 찌들 대로 찌든 땅
가뭄 속에 마른장마가 보름째 계속되고 있다
점심 식사 후 잠시 병실 창밖을 내다본다
꺼벙한 젊은이 하나 어깨 축 늘어뜨려 서성이고 있
었다
순악질 죽음의 그림자가 그를 잡아채고 있는 것만
같다
그에게 달려내려가 붙잡고 내 이야길 해주고 싶다
내 오줌에서 정상인의 서른 배가 넘는 1리터당 300
마이크로그램의
수은이 검출되던 날 속 치받쳐 할말을 잊었다
공장의 열악한 작업 환경을 머리에 떠올리면 시방
도 이갈려
생산 2과 80평 작업장에 어린것 포함해 남녀 마흔
명이
각종 작업 기구들 틈에 빼곡히 들어차 좆뺑이치고
일만 했다
환기 시설도 없다 보니 통풍인들 제대로 됐을 리 없
지
게다가 겨울철엔 난로마저 들여놓아

흡사 화공약품 공장 같았던 혼탁한 실내 공기.

거기서 밤낮없이 수은 증기를 마셔댔고
차츰 머리가 띵하고 밥맛이 없고 기운을 차릴 수가
없어도
깡다구 하나로 버티다가 기어사 손과 입술이 떨리
는 중독 증세가 왔다
염병할! 적게 먹고 가는 똥 싸는 것 좋아하네
이미 세상에 알려진 대로 기억상실과 실어증에 시
달리며
뼈만 앙상한 채 숨져간 15세 소년공도 바로 이 공
장에서 일했다
공단내 수은 다량 취급 업체들엔 최근 들어
해마다 씨팔 집단 중독 증세가 잇따라 불거지고 있
다.

수은 중독 소견자로 대학 환경의학연구소의 특별
진단을 거쳐
간신히 한 달 보름 전에 이 지정병원으로 왔을 때
란제리 거들이 원이던 마누라 짝젖 부축임 받으며

왔을 때
  사람들은 내 등뒤에서들 수군거렸지
  회복 가망이 거의 없다고!
  내딴엔 병상에서 넙죽 큰절 올렸지마는
  의사들 태도란 불친절하다 못해 모욕적이었다
  산재 환자가 수술을 받으려면
  두 달은 좋이 걸려야 하나
  일반 환자는 대깍 되는 판이 웃기는 판이다
  염병 희고 깨끗한 병원 겉모습하고는 달리
  병실 안은 지저분하고 찜통처럼, 아니 작업장처럼
무덥기만 하다
  기름밥 3년의 정비공장 꼬마서부터 시작해
  때 절은 지폐 다달이 손에 쥐는 재미 하나로
  이 공장 저 작업장 돌아치며
  삼십 줄에 애늙은이 새치머리 되도록 버텨온 나다
  속골병 드는 줄 모르고 악바리 소리도 들었다.
  산재 보상금 갖고 여편네가 줄행랑쳤다거나 하는
정도는
  이미 이곳에선 열받칠 애깃거리가 못 된다
  절단당해 사라진 왼팔의 통증이 되살아나곤 하는

별난 환각통에 시달리는 환자도 내 침대 가까이 있다
평생 병신이 됐는데도 회사측으로부터 하메나 하메나
준다던 보상금을 못 받은 환자가 식솔들의 입살이
걱정 끝에
보조기 착용한 채 바퀴의자서 일어나 병실 창밖으로
몸을 던져버린 끔찍한 일이
이 병원과 담장 하나 마주하고 있는 산업재활원에서
간밤에 벌어졌다고 한다
우린 서로 쥐포 뜯으며 낮술이라도 푸고 싶은 표정
들이었어
핏속에서 직업병 인정 기준치의 25배가 넘는
카드뮴 검출량을 보였어도 단순 고혈압과 뇌출혈로
꼴리는 대로 사인 판정을 받는 바람에
끝내 산재 처리마저 안 됐던 안연 공장 박상국씨의
피 토할 얘기
며칠 전 신문에서 읽고들 또 얼마나 속치받았나.

나는 몇 푼 보상금이랍시고 타냈으니 산통은 못 붓
더라도
당분간 끼니 걱정일랑 없을 테지만서두

살붙여온 마누라쟁이 앞으로 무슨 재미로 살꼬
겨우 발자죽 떼는 딸년과 늙으신 울 어매
바지게 지기 싫어 보리밭 가로질러 도망쳤던 고향
땅
가거라! 몹쓸놈으 손. 어디든 니 갈 데 있거든 가
거래이.
이젠 썩은 나락 짚더미처럼 자빠진 신세
산업 쓰레기보다 더 나을 게 없다는 인간 쓰레기다
하루가 다르게 카드뮴과 비소 등 중금속에 의한
복합 중독 증세가 내 근육과 신경 계통을 마비시켜
오고 있다
깨즉해진 눈으로다가 이것을 보고 느낀다
내일도 비는 오지 않을 거란다
보름 전 남부 지방에 장마 전선이 상륙해
전국이 벌써 장마권에 들었지마는 그 세력이 활성
화되지 못하고 있다는
일기예보다 절망. 절망. 절망.
(당국의 산재 보상 처리가 빨랐더라면 곽재일씨는
사망하지 않았을지 모른다.)

노래 1

　어화잘난농부들아꽹과리꽝당치고햇빛한탄들어보소
없는소리들어보소없는빛도쳐다보소살판났네살판났어
햇빛이라좋을씨구녀무밝아미치도다어따이눔의햇덩이
어찌이리눈부시냐아무것못보겠다바람한점없는바람겹
겹이도막혔구나천만가지어둠이라낙자없는야밤일세살
판났네살판났어소경돼점을치고박지돼날아도보소오르
곰내리곰하늘에랴땅에랴내구멍이어디메뇨얼싸둥둥쭈
욱쭉난다이리한참을풍악으로나는데굴속굴이끝도없는
굴뚝이되었구나나무아미타부울

노래 2

마흔살과부야부끄러워말거라숫처녀냐노처녀냐뭐말
라빠진잔부끄럼이냐전봇대앞에서도고개한번못쳐들고
신경질나게못쳐들고세상천지에니낭군은어디있노쵀루
탄에뒤통수얻어맞고눈빠진게새서방이냐차바퀴에깔려
다리병신이냐외팔이가니짝이냐

시집장가가라고새장가헌장가가라고겨울은가버렸는
데작전상후퇸지뭔지모르게슬그머니텔레비전속으로꺼
져버렸는데아아꺼져버렸는데왜이적지춥노떨리노옷도
껴입을만치입고아랫도리도가릴만치가렸는데바리케이
트도치고벽돌담도쌓아올렸는데뭐이뵌다고이리도딜여
다보제부끄러워라부끄러워라뚫어진델뚫어지게시리딜
여다봤자별볼일없는시궁창인걸매독균도잡균도얼씬못
할군화빠진시궁창인걸뼈언쁜뼈언쁜쁜디기장수도외쳐
쌓고지나는데나는언제시집가노툇

가 을

물건을 팔러온 게 아닙니다 여러분이 이 전단을 읽어보시고 뜻이 있으신 분은 저희가 펼치고 있는 이 운동에 동참해달라는 겁니다

배달환경연합 사람들이 한차례 전철칸을 누비고 간 뒤 전단들은 낙엽이 돼 여기저기 나뒹굴고 있었다

한 남자가 차창 밖으로 가을을 카메라에 담고 있었다.

타 령

이 몸은 양아치다
구멍 뚫린 중절모에 붉은 헝겊 싸맸지만
중학교를 중퇴한 유일한 먹물이다
저 우람한 다리 밑 기중 튼튼한 지붕
우리집은 넝마 공동체다
우그러진 양은에 쇳동가리, 헌 종이들을 먹고 산다
사시사철 새벽 골목 누비기 짭짤하지마는
좀도둑 취급은 딱 질색이다
까놓고 얘기지만 끈끈이 청소부는 공동의 적이다
그치들이 들쑤시고 간 허섭쓰레기에서 건덕지 건지
기는
어제하고 오늘이 똑같다
내일이 없기는 매한가지
남들이 두 번 버린 이깐 고물 찍기도 갈수록 힘드
는 세상이니
어허, 걸통 차고 빌어먹기사 불문가지
허나, 이 눈엔 되레 각설이가 돋보일 때가 있다
쭈그러진 양푼 들고 깨끼춤으로 들어가는 찢어진
어깻바대
거기 드러나는 시뻘건 맨살이

울 꼰대 별 세 개보담도 더 빛나 뵌다니깐 빌어먹
을.
　일자나 한자를 들고나 봐라
　어얼 씨구씨구 들어간다 저얼 씨구씨구 들어간다

헌혈 권유원의 하루

핏방울 그림을 헌혈 운동 포스터에서 보았어요
우리나라 포스터뿐만 아니라
세계 여러 다른 나라의 포스터들에도
큼직한 핏방울이 그려져 있었어요
핏방울, 핏방울, 핏방울……
그해 겨울은 유난히도 추웠지만 눈은 오지 않았어요
겨울 방학이라 학생들이 헌혈에 참가치 않자
피가 모자라기 시작했어요
병원마다 피가 바닥나 아우성들이었어요
헌혈 권유차가 시내 곳곳에 모습을 드러냈고
권유원 아가씨가 붙잡는 소매 끝을 사람들은
인정사정없이 마구 뿌리쳤답니다
하지만 잘 차려입은 사람보다는 좀 헙수룩한 사람이
똑똑한 사람보다는 제대로 배우지 못한 사람이
차마 저의 손을 뿌리치질 못했어요
피에 대한 생각이 보다 순수하기 때문일 거라고
저 혼자 생각했답니다
피를 단순히 돈 가지고 아무 때나 살 수 있는
물건쯤으로 생각하는 사람을 처음 대했을 때
전 약간의 두려움마저 느꼈으니까요

하지만 권유원 생활이 길어지면서
피에 대한 제 생각도 하루가 다르게 묽어져갔습니
다.

콘크리트 묘비

　　남서태평양 여러 섬들 가운데 괌 북방 사이판 남방
격전지 티니안의 총알받이 우리는 이름없는 5천 원혼
산호세 마을에 집단 안치된 정글 속의 유골 상자들
朝鮮人之墓 묘비가 비스듬히 누웠노라 윗부분이 크게
떨어져나간 채 이끼 낀 콘크리트 묘비가.

사냥 수첩

1

잔설을 밟으며. 협궤철도 건너.
산을 오르기 시작한다
가끔 도시를 훌쩍 떠나 도시를
뒤돌아볼 때가 있다. 거리와 차들과 사람들.
산을 오른다. 엽총 메고. 장탄한 복장.
산마을 한바퀴 휘돌아 나가다가 일행의 총에 맞아
멧부리에 고꾸라지는 꿩을 본다.
　바로 우리 머리 위를 빠르게 쳐날았는데. 失中하기
십상이었는데.
　왜 예사로 죽여야만 하는가? 어린 염소 한 마리 애
잔한 울음으로 나를 건네보고 있었다.
　날쌘 짐승과 승부에 있어서 맞설 수 있을까? 눈과
손이 동시에 자유로이 움직일 수 있을 만큼 충분히
연습했는가? 눈대중은 정확한가?
　왜 죽여야만 하는가?
　눈꽃 핀 경치에 홀려. 나는 이제 일행과 떨어져.
홀로 空銃 메고 산야를 헤매면서도
수십 수 포획한 이상의 희한한 희열을 느낀다.
　정겨운 산마을. 따끈한 국밥에 사발막걸리 들며

산골 인심과 몇 마디 말동무가 된다.

이곳저곳 분주히 다녀 쓸데없이 닳은

신발이라 했던가. 쉰 해를 아둥바둥 버티어온 한낱
자루주머니

시시각각 조화 부리는 안개와 구름떼.

하늘과 땅이 확연히 나뉘는 산마루의 일몰에서 내
일의 일출을 본다.

살을 에는 겨울바람 쐬며.

어둠을 가른다. 눈 덮인 산중턱에 올라.

어드매 외딴 바위굴 암자에 다다른다.

고아들을 여럿 모아 기르는 기막힌 노보살을 만난
다.

온갖 풍상 명아주 지팡이의 구부정한 허리

그저 말없이 인연으로 잠시 만난다.

2

온누리 목숨 지닌 뭇중생들에게 화답하듯

上峯의 자작나무들 사이로 불쑥 모습 드러낸

비로자나불일런가. 홀연 어둠을 사르며

붉디붉은 햇덩이가 솟아오르고 있었다.

눈 위에 희끄무레하게 찍힌 새 발자국 몇 낱.
새날 햇빛 속에 간절히 엎드린 기도처럼
솔솔 새어나오는 내 입김.
헌걸찬 산의 기상과 사방에 뻗치는
산사나이들의 외침 소리
서기 어린 비로자나불과 함께 일만 文殊를 본다.
생명의 기운이 망망대해처럼 가없이 펼쳐진 구름
바다를 검붉게 물들이고 있었다.

포장마차와 신문지

고향 앞바다. 바닷가. 파도가 때리는 바위너설에 걸
터앉음. 미역과 파래, 미끌, 도박, 마자반, 천초, 톳,
청각, 돌김 들이 파도에 쉼없이 떠밀리며 일렁임.
　어느새 파릇파릇 봄빛을 띤 해초들과 바위 위에 죽
치고 앉아 내려다보는 놈.
　누군가 묻어놓고 간 단지에 문어 한 마리 자진해
들어갈 참인가보오
　멍게가 식물이란 거 아시능교?
　줄에다 현미경적으로 포자를 붙여 번식시킨다 카대요
　나는 자웅동체 식물을 초장에 찍어 먹다 말고 잠시
일어섰다 포장마차 안의
　긴 나무의자 끝에서 누가 일어서나보다
　일렁이는 술잔 투명한 물 속으로
　해초들이 흐르고 있었다
　그 푸르름 사이사이로 뼈대가 앙상한 鐵原郡 노동
상사 건물. 양민 학살의 현장.
　留島의 철새들 푸르르 날기 시작하고.
　수문이 주저앉은 岩井댐
　여기저기 나뒹굴고 있는 비석들과
　오른손으로 왼손 둘째손가락을 감싸쥐고 있는 佛像

하나 선명히 드러나는구나
　사람 미치게 만드는 봄빛과 고향 앞바다의 해초들과
　포장마차 안의 신문지 畵報와. 술잔과.

새 벽

며칠 전 새벽 등산을 했다 우선
큰소리치는 사람들이 많은 데 놀랐다
나도 한번 큰소리치고 싶었지만 그놈의 야호! 소리
가
영 목구멍에 걸려 나오지 않았다
왜 그랬을까
산에는 반동적으로 뒤로 걷는 사람과 뒤로 뛰는 사람
물구나무서 계단을 힘들여 오르는 이도 눈에 띄었다
그런가 하면 외다리로 서서 허리 굽혀 학처럼 두
나래 펴는 사람
등이 가려운지 소나무에 대고 상하로 자꾸 부비는
사람
철봉에 얌전히 매달려 고문당하는 사람
지팡이로 제 발바닥 때리는 사람
솔잎 몇 닢 입에 물고, 거품까지 문 사람
산에는 물먹는 사람과 물먹이는 사람들이 있었소
물의 섬뜩함과 물의 넉넉함과 007가방 든 건장한
사내들
나는 끝내 맨손체조조차 제대로 못 하고설랑 하산
해야 했다

팔다리가 오그라들 대로 오그라들어 영 펴지지가
않았다

왜 그랬을까

전기고문 기술자는 우선 물고문을 시작해 땀을 흘
리게 할 참인가보오. 드디어 내 발등에 거침없이 대
이는 전기. 회음부가 터져 피가 흐르는 아름다움을
아시오? 무조건 항복의 아름다움. 그것은 혁명이었
어. 부서지고 찢기던 내 알몸 위로 거푸 쏟아지던 물
과 전기와 몸뚱이들과 오만 욕지거리들. 주먹과 발길
질들. 나는 거꾸로 매달린 채 몇몇 사내가 비켜서 웃
고 있는 것을 보았소.

매장된 아이

샘 셰퍼드의 「매장된 아이」를 보러 갔다
무대와 객석의 불이 서서히 꺼지고 있었고
나는 어둠 속으로 매장돼갔다네
아니, 편안한 무덤이었어
하나, 그것도 잠시뿐 누군지 지랄 같은 기침 소리에
불은 그만 서서히 밝혀지는 모양이었으니
나는 그 어둠의 붕괴를 지켜보며
사방 벽의 붕괴를 지켜보며
온 시가지의 붕괴 먼 언덕빼기가 무너지고 꿈의 붕
괴
극작가며 배우인 그의 목소리를 들어야 했네
재즈는 내 운명이야 재즈의 즉흥 연극 같은 글을
쓰고파
그래 써라 물 날린 청바지를 뒤집어써라
낡은 부츠, 큰 버클의 가죽 혁띠, 카우보이 모자와
카우보이 셔츠가 의자에서 벌떡 일어나
극장 바깥으로까지 줄줄 따라나왔다
어이 선생, 한잔 하게나 그가 날 불러세웠다
포장마차는 어떤가
그래 황야를 달리며 한잔

근친 상간은 흔해빠진 소재였어 하나, 진한 피 냄
새였어.

1987년 11월 동성로

가을이 걸어가고 있었소 동성로 한복판을 늦가을이
떡 버티고 서 있었소
고향의 파란 하늘 아래 검정치마 벗어 말리는 가시
나들아 북천방 모래둑
가자!
갈대와 고추와 山사과, 부들, 망개, 꽈리, 호박
까치밥 들을 수레에 가득 싣골랑 가을이 소리쳤다오
이천 원만 내이소. 그거요, 오천 원이구마.
다시금 밀려드는 매연과 차소리, 인파들, 정치 구
호들의 한복판. 순간
땅에 떨어져 산산조각나는 흑백 사진틀
할아버지와 작은아버지와 고모의 얼굴이 짓밟히고
있었소
모자 눌러쓴 가을이 저만치서 뒤돌아보오
천치바보의 얼굴 아 누군가 국화와 갈대
안개꽃, 꽈리들로 꽃다발을 만드나보오
팔려가는 가을 내 기억 속으로 멀어져가는 가을
호주머니에 한 손 찌르고. 수레 끌며. 찢기고 긁힌
상처투성이
선거 벽보를 구경하는지 자꾸만 꾸물거리는 늦가을

겨울 공화국의 정치 선전장으로부터 떼밀려가고 있
었구려 꾸물거리면서.

두리번거리면서

낙엽같이 수북한 선거 전단들을 밟고설랑 막힌 코
도 행! 풀고.

성 묘

산소는 호젓했다
작은 산새 두어 마리 도래솔에 앉아 모습 드러내지
않은 채 울어 지저귀고
솔개인지 맹금류 한 마리 하늘가를 맴돌고 있었다
도래석이 틈새를 보이는 것을 그냥 뒀더니
땅벌들이 그 안에 집을 짓고 우글거렸다
뗏장에 듬성듬성 섞인 키 큰 풀들
산소를 다녀올 적마다 세상에서 무척 떨어졌다는
느낌을 받곤 한다
저녁에 TV에서 태풍 소식이 있었다
밤이 되며 빗방울이 굵어지고 비바람이 드셌다.

오늘의 충격

　무더위가 채 가시잖은 팔월 하순의 어느 날 오후
(1989년 8월 29일 오후 5시). 서울. 한국전력 월계변
전소 지상 3층 지하 1층 건물의 지하실 화재. 용량 7
만kw 중급 변전소 한 군데의 뜻하지 않은 화재로 인
해 성북구를 비롯, 5개구 37개 동에 전력 공급이 일
시에 중단됐다. 화재 당시 현장에는 직원 한 명만 지
키고 있었고(전직원 소장 포함 5명) 송전용 22,900V
자동 차단기 등 21대의 고압 전류 제어 장치 중 하나
도 작동되지 않았음. 화재 경보 시설 전무.

　정전이 딱 되는 순간
　시가지는 열두 폭 오지랖 감싸쥔 채 휙 돌아서버렸
것다
　우선 교통 신호기들이 작동 안 돼 때마침
　퇴근길의 차량들이 크나큰 혼잡을 빚었고
　상수도 가압장 열 군데가 멈추는 바람에
　고지대 48,000가구에 수돗물이 끊겨 주부들이 저녁
밥을 짓지 못했다.
　긴급 출동 소방차 23대. 경찰관 130명.
　텔레비전마저 꺼져버려 더욱더 갑갑하고 짜증스런

가운데

　도시는 한 발짝씩 먹물 같은 썩어빠진 폐수 같은
암흑 세계에 점령당하고 있었다.

　암흑의 유혹 침묵의 유혹

　문명 세계와의 잠시 결별

　여느 때 같으면 벌써 침입했을 울긋불긋 네온사인
불기둥들

　짙은 화장 냄새, 술내, 미친 음악, 뒤틀림들까지

　오늘은 빗자루로 몽땅 쓸어버렸어.

　밤 8시께 시장, 상가들 앞다투어 철시.

　나는 쪽박 쓰고 비 피하듯 촛불 켜진 은지다방 안
에 죽치고 앉아

　전깃불을 기다리고 있었다 손목시계가

　여태 멎지 않은 데 새삼 놀라면서

　스카치 테이프를 잘라 붙여 반짝거리는 미스 윤의
쌍꺼풀 눈

　차는 다 드셨지만 차들이 좀 빠져나간 담에 우리
나가요, 네?

　양반은 비가 와도 빨리 뜀박질해 가지 않는 법

　허나, 이럴 땐 아예 전깃불 없이 장사하는 데를 찾

으렷다

　곰배팔이 뭐 끼듯 다방 아가씨 끼골랑

　불 꺼진 가로등과 내려진 상가 셔터들 앞을 지나면서
야만 세계를 만끽하다.

　밤 8시 30분 불길 잡힘. 몽땅 불타 뒤엉킨 전선 케
이블과 지하실 가득 찬 소화 용수.

　우선 포장마차 안에서 건주정 약간

　편지 쓰는 게 취미라는 여자의 약간씩 흐트러지는
옷매무새

　(내 취미는 고스톱판 벌이기지, 뭐.)

　밤 9시 부분 송전 개시. 서울시경 관할서에 교통
경찰관 보충 배치 지시.

　드디어 모닥숨 촛불 자빠트리며 무슨 놈의 과거 고
백이나 하듯이 지껄였것다

　몇 해 전 미국 뉴욕에서 정전 사고가 났을 땐 곳곳
에 약탈 사건이 잇따랐는데

　아마 서울은 괜찮을 거야. 확신해.

　그때 미스 윤이 까르르 웃었다. 도적놈. 지가 기면
서. 속겠다.

싱겁기는 늑대 불알이다. 끈적끈적 머리 비듬. 다
시 보듬는 가는 허리.
　그녀는 내처 다둥댔고 종알댔고
　나는 그때마다 비벼댔고 빨았다 허겁지겁
　구멍가게 슈퍼들 아이스크림이 몽땅 녹아버리겠다
는 둥
　정육점과 활어집들도 고기와 생선들이 상하게 생겼고
　수족관들도 산소 공급을 할 수 없어 값비싼 열대어
들이 죽어가겠다는 둥
　병원들은 어떻게 됐겠냐고? 그야 뭐
　수혈 펌프가 멎었다면 위급 환자가 숨질 수밖에
　냉장고의 비싼 주사약들과 냉동실의 시신들
　어디 그뿐이겠나? 컴퓨터들이 다 다운됐을 테지
　만약에 정전 사고가 은행과 대기업들이 꽉 들어찬
도심 한가운데서 났더라면
　경제 기능이 온통 마비됐을 뻔했지. 깊어가는 삼경
　허지만 방화일까? 테러범의 방화일까?
　(이튿날 신문에선, 누전 전기 사용량 초과에 따른
과전류 또는 낙뢰에 의한 고전압 유입 가능성을 화재
원인으로 실었다. 소방 본부와 한전측 주장)

있잖아 예, 우리 언제 또 만나?

한 번 가도 화냥년 두 번 가도 화냥년

왜? 친구 소개시켜주려구?

도적놈! 있잖아 예, 우리 친구 야간 학교 다니는데 오늘 공쳤겠다. 흥! 뒤늦게 무슨 공부람? 그렇지? 자기.

이튿날 새벽 3시 상수도 가압장들 가동 개시.

새벽 4시 사고 대책 본부 구성.

나는 육체의 끝에서, 정신의 끝에서

밤새 추저분 짓. 본전 생각을 했고.

점심때가 훨씬 기울도록 늦잠을 퍼졌고

혼자 푸석푸석 눈이 부어올라

이 지역 유일한 문화 시설인 송죽영화관 앞에 서 있었것다

간밤에 당했던 25만 가구 백만 시민들 가운데 섞여서

소나기 맞은 쥐 꼴로다가 불평 개시

사고 이튿날에야 이동 변전차가 동원되는 등 늑장 복구 작업에 대해 입 아프게시리

언제 외박했냐? 시치미 떼는 엘리베이터들이 숫자

판에 파란불 켜면서 다시금 움직이기 시작했고, 교통
신호기들이 작동되는 등 모든 일상적 기계들 일제히
정상 가동되고 있었다. 마치 그 모습은 정지 화면이
다시 살아 움직이는 것만 같았다. 헛바퀴 도는 법 없
이. 인정사정없이. 무서운 가속도.

오후 6시 현재 월곡동 등 만 가구 제외 전력 공급.
나는 육교 위를 오르면서 두어 차례 어깨 부딪침
끈끈한 땀내. 끈끈한 바람기.
김씨한테 또다시 살살 알랑방귀 뀌면서 빈 껍데기
속의 방황
가랭이 벌신 시가지.

중환자실

시대가 변한다.

바람이 변한다.

여름을 보내는 방법이 변한다. 쾌적가습. 공기청정.

강력냉풍! 에쿠에르! 에쿠쿠!

신문의 광고 구절이 병실 안을 갑자기 더 갑갑하고 지저분하게 만드는 성싶다 그는 지금 흰 붕대로 머리를 온통 싸매고 두 손목을 침대 난간에 묶인 채 중환자실 한 귀퉁이에 누워 있다 의식 불명의 위독 상태다 오늘 하룻동안 뇌수술 두 차례 정상 회복 가망 거의 없음 산소 호흡기가 이끄는 대로 숨쉬고 화딱지내고 꿈꾸고 퍼자고 퍼먹고 퍼마시고 술은 그로 하여금 수술받도록 만들고 술은 손등의 주삿바늘이 떨구는 물. 물방울. 그림. 그림자.

사용주화 50원. 100원. 500원. 판매중. 온수 온도 98℃. 현재의 금액. 거스름돈 없음. HOT & COLD DRINKS. 누름. 누름. 누름. 살짝 눌러주세요. 여기. 아니 저기. 젖꼭지와 반환레버. 젖 꺼내는 곳. 빠는 곳. 우리차 마시기. 천연 과일 주스 400원. 콜라. 사이다. 블랙커피. 밀크커피. 프림커피. 컵 꺼내는 곳. 커피. 커피. 피. 피. 피. 화장실에 연결된 하수구에 연결된 화장실에 걸터앉아 화장지로 안경 닦는 사내. 화장지의 다용도에 대해 잠시 생각함. 생각하면서 하수구로 빨려듦 똥물에 섞여. 끝없이. 빨려듦. 시끄러움과 똥물과 병균과 그가 갑작스레 역회전하는 필름처럼 피를 온몸으로 요란스레 빨아들이며 들것에서부터 길바닥 위로 도로 내동댕이쳐지고 있었다 흥건한 길바닥의 피를 내처 빨아들이며 신음 소리와 경찰차의 사이렌 소리 인적 드문 거리 거스름돈 떨어지는 소리 율무차가 그리 고소하지 않소 건덕지가 약간 씹힘 흰 종이컵과 100원짜리 세 닢과 허연 병원 복도의 어수선함과 지저분함과 끈적끈적함과 퀴퀴한 냄새들 보이는 냄새들 종종걸음으로 걸어가는 냄새들 소리치는 냄새들 여기저기 냄새들의 아우성. 나는 잠시 벤치에 앉아. 표정 없는 사람들이 벤치에 걸려 있었다.

바퀴벌레만한 뺑소니 교통 사고 기사가 석간 신문한 귀퉁이에서 기고 있다가 재빨리 사라졌다가
신문의 17면과 24면 전체가 '리우환경회의' 기사들

로 가득 메워졌다가

　피델 카스트로 대통령이 열변 토하는 사진과 함께

　중병 앓는 지구 모습이 이모저모 컬러 사진으로 실
렸다가

　해양과 산림 훼손. 사막화 현상의 심각성. 드러넘
의 심각성. 심각성의 애매모호함. 고요함의 아비규
환. 대륙 연안에 흘러든 赤黃色의 피고름띠. 추잡한
추상화. 환상. 속에서.

　사경 헤매는 지구

　흰 붕대로 온통 싸맨 지구

　꿈꾸는 지구와 내 손에 쥐어진 종이컵과 표정 없는
복도의 벤치. 바-3016.

이 여름의 불쾌지수

　전세계에서 아황산가스 오염치가 가장 높은 도시
이탈리아 밀라노의 주세제베자 경기장에선 지금 한창
서독하고 체코슬로바키아가 월드컵 축구 4강 진출권
을 놓고 공방을 벌이고 있고 아황산가스 오염치 세계
4위인 국제 도시 서울에선 지금 한창 감사원하고 보
사부가 수돗물의 발암 물질 유해 여부를 놓고 공방을
벌이는 판인데 THM 최고 다섯 배라느니 기준치 미달
이라느니 서로 티격태격 태격티격 가관이것다 최종
수비수와 공격수 간격 25m 밀물처럼 밀려오는 압박
축구에 압도당하기 위해 초저녁부터 TV 앞에서 꼬박
뜬눈으로 밤샘하고 눈 부비며 무악재를 넘는 순간 차
창이 희뿌옇고 코끝이 매캐해지며 눈앞이 금방 띠끔
때끔 부유 분진과 검댕 속을 밀어붙이고 밀리는 전술
대열 차량들 우리나라는 월드컵 사상 1승도 못 올린
두번째 나라로 기록되면서 일찌감치 예선 탈락 내 차
는 찡겨서 이러지도 저러지도 빼도 박도 못한 채 경
적 사용, 끼여들기, 내가 먼저 얽히고 당신네가 설키
고, 중앙선에 침범 U회전, 좌회전차가 직진 차선에
정차, 서행 차량에 마구 끼여들어 급브레이크, 이 속
에서 영양 주사 맞고 선 가로수들 기맥 없이 잘도 살

아가네그려 부유 분진 유황산화물 질소산화물 일산화
탄소 옥시단트 탄화수소 매연 납 가스 물질들을 흡착
하고 악취 맡으며 불쾌감 드높은데 변속 운행 악화
일로의 간선도로로 치닫고 또 치달아.

바람 불던 날, 도둑고양이

지난 여름, 바람 불던 날, 도둑고양이 새끼 여섯 마리가 에미 찾아, 차에 치여 죽은 에미 찾아, 아득한 아파트 담벼락 따라 털 날리며 웅크러들 대로 웅크려들어 먼 길 가고 있었네. 여치의 더듬이 물고, 실 끝에 매달린 열두 가지 바람 소리도 물고, 야옹야옹 울며 가는데, 더러는 겁먹고 각개 전투하듯 쏜살같이 뿔뿔이 흩어지기도 하면서, 오똘오똘 가는데,

가도가도 뵈는 건 먼지 속의 콘크리트 숲뿐, 잿빛뿐,

환장하게 후리는 차바퀴 소리뿐,

새끼 한 마리 잠시 멈춰 앞다리 입에 대 쓰다듬다 말고 눈을 부빈다네.

여기저기 사막에 파묻힌 바퀴 나간 수레들

바람에 드러나는 내 허망의 굴레

그 닳고 닳은 끄트머리서 바람 소린지 벌레 소린지 연해 가늘게 나쌌고

말라빠진 칼자국을 번쩍이며 멀리서 해질녘의 불개미떼가 날아오고 어디서 모여들었는지 어린애들 벌집 쑤셔놓은 듯 울고불고 짓까불며 여편네들은 허리에 두른 긴 끈 짧은 끈을 풀고 맨살에 깃발을 꽂는데 더

러는 대작대기에 혀를 디밀어 맞구멍을 내 퉤퉤 가래
침을 내뱉는 판국인데
　난데없이 쥐이빨 가는 소리 같은 차바퀴 소리 짧게
그인다.
　그 중 늦된 새끼 고양이 그만 고꾸라져,
　남은 체온과 北邙을 향한 눈과, 동작 그만.

탈 춤

　나는 지금 막 두 손으로 탈을 벗고 있었다
　탈의 반쪽은 온통 털로 덮였다
　목 잘려나간 부처가 순간 셋, 아니 넷이 보였다가
사라짐.
　고목 홰나무에 뻥 뚫린 검은 구멍 너무 크구나
　거기 드리워진 빨간, 파란 천 쪼가리들
　그 옆의 돌무더기에 돌 하나 얹고 또 얹는 노파
　나는 냉장고 위에 한참 걸터앉아 책을 읽고 있었다
　TV로 얼굴 가린 사람끼리의 대화
　靑龍佛運命哲學館, 장례택일, 이름, 상호
　그 옆의 고물 시계포, 고물 의자와 고물 자전거
　개 한 마리를 지켜보고 앉은 노파
　노파가 쓴 흰 수건과
　마스크 쓴 시계포 주인 아저씨와 돋보기 안경
　고물 선풍기 한 대가 스끄럽게 돌아가고 있었고
　식당에서 유리잔을 통해 보이는 립스틱 진한 입술
　불고기 식탁의 둥근 구멍으로 들여다뵈는 허벅지와
반쯤 말아 내린 스타킹
　흰 식탁 위의 깻잎과 상추. 된장. 참기름 소금.
　노파의 굽은 등. 계단의 힘겨움. 외로움.

도시 뒷골목의 하루. 해와 달. 피라미드
육교 난간엔 창녀들이 오늘밤에도
무관심을 가장한 채 남자를 낚아채고자
곁눈질하며 뒤돌아서고 있었고
검은 빗줄기가 추적추적 내리고 있었다
　큰 버클 반바지에 배꼽티 입고 큰 귀고리에 짙은
화장 냄새 풍기며
　그녀가 버리는 담배 꽁초를 주우려 나는 엎어져 있
었고
　무수한 구둣발들이 올려다보였고 그 중에 내 힘없
는 발도 섞여 있었다
　골목 어귀 이발소 옆 빗물 홈통에 대고
　머리 감는 사내아이가 무어라 소리치고 있었고
　꿈속에서 다시 추는 나의 탈춤
　1박에 두 다리를 어깨 너비로 벌시고
　두 팔을 어깨 높이로 들어올리는 순간
　맞닥뜨린 무녀와 칼. 칼춤. 칼춤.
　나는 그만 온몸을 솟구치듯 펴며 오른쪽으로 튼다.
　오징어 탈 쓴 함진애비의 웃음.

허수아비

오후 3시 정각에 잠깨어보니
내 몸이 추운 방바닥에 웅크리고 누워 있었다
숨쉴 적마다 늑골이 조금씩 움직여 보였다
나는 내 몸통을 한참 내려다보다가는
그대로 눕혀둔 채 버러지 같다는 생각을 하면서 뱀이
허물을 빠져나가듯이 바깥으로 빠져나갔다
하얗게 눈 덮인 세상 뭇 그림자들이 저마다
제 몸을 눈길 위에 뉘어 끌고 다녔다
더러는 제 몸, 남의 몸 가릴 것 없이 짓밟고 다녔다
볼록 렌즈. 안쪽과 바깥쪽의 구별이 없는 曲面. 나
는 화살표 반대 방향으로 맞추어 CD와 AB를 떼면서
걸었다 사람들의 키와 몸무게 따위는 무시하면서 정
확한 위치 파악에 골몰했다
어느덧 해가 뉘엿뉘엿 넘어가고 있었고
잔뜩 눈을 뒤집어쓴 가로수 곁가지에 걸려
옴짝달싹 못 하는 바람자락 하나
차츰 잿빛으로 때묻어가던 설경
나는 그만 가득한 뉘우침으로 낯선 방으로 되돌아
왔다
개미는 죽은 개미를 먹는다 죽은 매미, 죽은 지렁

이도 먹어치운다 나는 앞으로 꽃씨와 풀씨들을 잔뜩
물어다놓고 겨울먹이를 하기로 다짐
　　내가 도로 와서 웅크리고 앉았는지 아니면
　　내 몸뚱이가 그제사 부스스 일어났는지
　　기억이 분명치 않지만 분명한 것은
　　내가 반나절 이 방을 빠져나가 바깥에 있었다는 사실

　　그랬는데 이튿날 아침에 눈떠보니 벌써
　　내 마음은 온데간데없었다
　　사방 벽에 옷과 비닐백 따위가 너즐너즐 걸렸을 뿐
　　나는 뉘렇게 자빠진 허수아비던 것을
　　끄집어내어도 끄집어내도 텅 빈 내장, 마른 짚북데
기.

속임수 1

당면한 문제는 다만 번지르르한 공리공론
이 아니라 현실의 일이자 인류의 운명이다.
──프란시스 베이컨

레스토랑엔 새로 건 초상화 같은 무명 가수가 있다
오늘 그녀는 피아노 우에 구겨져 있고
어쩌면 졸고 있는지도 모른다 한데 아랫도리는
완전히 접혀 보이지 않는다 보이지 않는 손
하나가 꽃잎을 차례로 만지작거리자 꽃들은 금세
시들어버렸다
드라이플라워 한 다발과 한 다발의 정지된 시간
나는 벽면에 액자처럼 희미하게 기대서 있는데
쥐색 모자를 비뚜로 쓰고, 잔 웃음 띠고, 희미하
게, 태양처럼,
(나는 1년에 0.019%씩 희미해지고 있다)
어떤 때 볼라치면 그녀는 피아노, 노래하는 피아
노, 춤추는 피아노, 까만 피아노 옆에 하반신만
드러낸 채 지랄발광 노래하고 상체는 뚝 잘려나가
까만 사타구니만 남고
온데간데없음 껍질 벗긴 개구리 다리 모양으로다가

알몸의 미녀들이 사타구니를 두 손으로 가린 채 질서
정연하게 放射狀의 기하학적 무늬로 드러누워 있다
가운데 가장 작은 삼각형이 原畵 부분임 나는 지금
만화경을 열심히 들여다보고 있다 쉼없는 개구리들의
출현과 멸종
　유리창에 비친 그녀의 창백한 얼굴과 환상적인
　무드와 진주 귀고리와 鐵製佛像의 頭像처럼
　얼굴만 뎅그렁 남아. 창밖으로 흐르는 회색 콘크리트
　배경이 비정하게시리 겹쳐와 더욱더 환상적이다
　납 중독된 비둘기 두 마리 네모난 콘크리트 쓰레기
통 가에 졸고 있고
　확대해보면 숱한 쇳가루처럼 개미들이 들러붙은 매
캐한
　새의 잔해. 성기. 말라 비틀어짐.

속임수 2

거리로 나서자 내 몸이 급작스레 이상야릇해진 걸
느껴야 했다

팔다리가 뒤로 붙어 얼굴과는 반대쪽으로 걷는다.
소주병 차고. 제기랄!

이 위화감을 남들은 전혀 눈치채지 못하는지

이 야한 걸음걸이를 눈여겨보는 이는 사방팔방에
아무도 없다

만상삼라에 어느 것 하나 자연스런 움직임이라곤

없다 사닥다리 같은 긴 다리로 재바르게 걷는 이가

있는가 하면 개의 몸체에 붙은 늙은 남자 얼굴하고
내 얼굴

개의 몸 기럭지가 4m는 넘어 뵈는구나

한 몸에 두 얼굴인 중년 여자와 콧수염과

막깎은머리에검은페인트로HAIR라고빽빽이적은사내
와방황없이방황하는집없는에이즈환자들틈에섞여서서
나도입을고양이입모양으로다가붉게칠한채

커다란 빌딩 유치창에 빌딩 크기만한 얼굴로

순간 나타나 찡그린다 성형수술로 더 젊어 뵈도록!
수술비는 일주일 입원 치료비가 300만 원.

빌딩들이 흐물흐물 넘어지기 직전의 불안정한

모습으로 춤추고 있다 철거 폭파 순간의 낡은 건물이거나 아니면
지진으로 무너지는 도시의 최후 모습만 같다. 시간 逆行.
내가 등뒤로 넥타이 맨 채 이제 막 정류소로 뒷걸음질쳐와
택시를 타려는데 보다시피 운전석이 앞뒤로 둘이다
까짓, 아무려면 어떠냐 분명한 것은
숯가루와 밀가루의 난장판,
난장이 어깨 위에 올라서서
재즈 스타일로 춤추는 이 거대 도시를 뒤로하고설랑
풀지 않으면 안 될 숱한 의문들과 말라빠진 바삭바삭한 시간들을 뒤로한 채
운전석이 둘인 택시를 내가 속도감 있게 올라탄 사실이다
무장한 군인들이 요소요소에 용접된 듯 붙어 섰고
무장 지대 248km의 팻말과 끝간데 없이 쳐진
철조망과 20배 强줌인과 순간 드러나는 지뢰 표지판.
지금 저곳엔 노루떼가 잡목 수풀을 빠져나와

빈 들을 자유롭게 달려가는가 하면

온갖 멸종 위기 귀족새들이 저마다 아름다운 자태를 뽐내며 절벽을 향해 평화롭게 날아가는 판인데

나는 이곳에서 그만 제지당하고 만다

아주 자연스런 차단이다. 무장 해제 시대. 다 낡은 레코드처럼 반복되는 동작의 물체를 바라보면서 나는 그만 자기 최면에 이끌린다. 外勢. 外勢. 外勢. 外勢.

속임수 3

이 작은 무인고도는 몇 해 전 내가 처음 왔을 적만
해도
나무 한 그루 없는 바위섬에 세계적 희귀조인
노랑부리백로가 수천 마리 서식하고 있던 걸 기억
한다.
괭이갈매기며 백로들도 수백 마리씩 하늘을 수놓곤
했다
한데 이번엔 희귀 철조망이 맨 먼저 렌즈에 잡히네
그려
긴 덫처럼. 시간의 덫.
노랑부리백로는 이미 그 수가 훨씬 줄어들었다
무슨 조류 보호 단체원들인지 사진 애호가들인지
뭔지 바위떡풀과
돌단풍이 뿌리내린 바위 틈에 마치 점령군처럼
텐트를 치고 며칠씩 묵고 있었다 쓰레기 더미. 하
치장 쓰레기. 쓰레기 속의
이들 훼방꾼들을 찬찬히 줌인해가면
참 기묘한 연체동물들만 같다. 야생초 촬영 기법.
이만쯤 해둡시다.
대낮인데도 하늘이 온통 붉게 물들고

여장한 남자들과 남장한 여자들이 나는 여장이다
　山꽃들과 한데 어우러져 노랑부리백로를 한 마리라
도 더 찾을 욕심으로 야단법석이다
　여기저기 털 난 다리들과 털 뽑힌 다리들이 서로
　엉겨붙어 마치 등나무처럼 하늘을 향해 배배 꼬였
는가 하면 벼랑 끝 돌 틈에 매달렸다 우리는 저마다
　백로떼를 향해 카메라를 연방 이렇게 들이대
　풀풀 날게 만들고, 날개 아파 저렇게 주저앉게 만
들고,
　더높고을씨년스런철조망을새로또치게만들고.
　온갖잡것을먹어치우는온갖잡새들을먹어치우는.

속임수 4

내가 다시 레스토랑에 들르니까 웬 낯선 뚱보 가수
가 피아노께에 서 있었다. 문을 밀고 들어섰을 땐 분
명히 마른 몸매였는데. 갑작스런 변신. 내가 몇 발짝
더 가차이 다가가니 몸은 다리 몇 개와 긴 더듬이를
가진 새우가 분명하고 얼굴은 그녀 얼굴이 분명하다
아니 한 몸에 얼굴이 넷이다 웃고 있는 똑같은 네 개
의 얼굴. 어서 오세요! 네 목소리의 중창. 입 벌림에
약간의 시차를 둔 다중 노출. 아니, 속임수 사진의 四
重像이다 얼굴과 뒤통수가 동시에 촬영돼 내 앞에 나
타나기도 하고 유리에 비친 시간의 二重像임. 비뚤름
하게 선 木장성 둘과 희미한 銘文과 새끼 襟줄과 저만
치 돌무덤과 따뜻한 커피와 그녀의 목소리와 눈빛과
그것은 태몽.
  왠지 썰렁한 테이블의 여자 나체 하나. 아니, 둘.
  꾸부린 채 45도 각도로 서로 비뚤름하게 맞붙었다
  마치 氣가 온몸을 희미하게 감싼 듯 희뿌연한
  알몸의 여인이 아스팔트 길을 무척 빠른 속도로 달
리고 있었다
  작은 고리 모양의 물기 없는 물방울들이 길바닥 위
로 뿌려져 반짝거린다

99

그녀 얼굴은 스트레이트로 들어오고 나체 손님은
거울에 비친 이미지를 찍어 소프트한 무드
확대해보니까 새우가 아니라 무당벌레인 것을.
　무당벌레암놈이짝짓기하자며검붉은사타구니비구니
알몸내앞으로다가왔을때어찌하여
　나는 그만 한 마리 무당벌레과의 곤충으로 탈바꿈
했을까? 하지만
　나는 근자에 농약에 찌들고 수질 오염에 만신창이
가 돼 밤사냥 실패 거듭
　발기 부전. 무당벌레 암놈이 별 무당굿을 다하며
　다가섰지만서도나는끝내불능이다더이상전화하지마
프로야구중계방송의시끄러움농구경기인지도몰라
　내 가늘어빠진 여섯 개의 다리는 힘없이
　따로 놀아. 검은 점박이 빨간 궁둥이 위에서
　하릴없이 미끄러져. 거품 토해. 東方大將軍. 제길!
헛기침. 쭈꾸미. 긴 뱀. 긴 밤.

속임수 5

레스토랑의 하얀 벽면에 걸린 컬러 사진 하나

기름 냄새 또는 포르말린 냄새

물 위에 누워 있는 여인. 젖지 않은 알몸이 큰 호
수면에 어른거리고

은은히 비침. 달빛. 바람결. 푸르디푸른

물 위에 떠 있는 잠든 여인. 아아, 하늘은 온통 연
쇄 핵폭발의 불기둥

R/B 필터. 빨강과 파랑.

자세히 볼작시면 그녀는 음모 한 가닥이 뚫고 나온
흰 바지 차림으로 반듯하게 누워 있다

배꼽은 아웃 오브 포커스. 비쩍 마른.

배꼽에서 개미 한 마리 간지럽게 기어나와

내가 적고 있는 흰 메모지 위에서 분주히 돌아다닌다

나는 얼떨결에 셔터를 찰칵! 눌렀다

개미는 두 마리, 네 마리, 여덟 마리가 됐다가

어느결엔지 왼쪽 신문지께로 돌진하기. 일렬로 줄
서기.

슈퍼소를 아십니까? 核이식 복제. 유전자 주입 기
술.

털은 羊毛. 육질은 韓牛. 우유량은 두세 배.

내 의식의 초점은 여태 개미들을 좇고 있었다

잡히는 족족 볼펜 끝으로 짓이겨버린다 피 냄새와 피의 흔적과

불과 쇠붙이들. 시간의 쇳부스러기들과 21%의 기억과 흑백 사진 원판 네거티브. 필름 속의

굶주린 한 흑인 사내가 말라리아에 걸린 채

쓰러져 이빨 까맣게, 하얗게 드러낸 채. 차츰 색 바래져가고 있었다

말라 비틀어진 회색 몸뚱어리. 파리떼. 절규. 비탄. 말라버린 눈물. 割禮.

이 사내가 마지막 내고 있는 희미한 신음 소릴 나는 기계적으로 확대해 듣고 있다

바람 소리에 실려 차츰 가늘고 작은 벌레 소리로 변해가고 있는데

웬 경비행기 한 대가 낮게 떠 싹 지워버린다.

썩고 있는 발꾸락. 마른 피고름. 뒷간 흙담의 새끼줄 밑씻개. 마른. 피. 피. 피.

중생이 곧 부처요 부처가 곧 중생이다

속임수 6

도시 광장엔 산고릴라와 침팬지와 오랑우탄과 붉원숭이와 꼬리가

길고 짧은 별의별 원숭이족들이 집단 서식하고 있다

네댓 분씩 똘똘 뭉쳐. 서로 털 빗겨주고.

젖 물려주고. 주목하고. 흥분하고. 두려워하고.

슬퍼하고. 위협하고. 짓까불며 떠들고. 두 주먹으로 가슴 치고.

어떤 고릴라 한 분은 피부암으로 털 빠진 팔뚝을 처들골랑

시간의 정복자답게 위엄 있고 당당하게 인간 한 년을 발가벗긴 채 꾸겨진 性膣 죽게 하면서

끌고 가고 있다. 정액 쏟으면서. 그년의 목에 감긴 불통 전화선 같은 무거운 쇳사슬. 잿빛. 은빛. 희미한. 스모그. 매캐한

빌딩들은 지상에 쌓아올린 개미집들. 대부분 비스듬히 기울었고

쓰러질세라 통나무들을 희끄무레하게 받쳐놓았는데

그분이 가볍게 밀치니 먼지와 함께 폭삭! 주저앉았구려

입을 쩍 벌린 위협적인 하품과 날카로운 앞니빨

더러군데군데아스팔트길바닥들도쩍쩍갈라졌다

갈라진틈새로수도관이며전선관이며전화통신관이며毒가스관이며

오만잡동사니신경조직처럼색색가지로드러났다

하지만땅속에는땅강아지한마리지렁이한마리도

눈에띄지않는다물기조차없다

이런 삭막함은 원숭이족들의 표정에도 그대로 드러난다

대저 이분들은 태양의 자손들로서 대기권의 CFC 총량이라든가

이산화탄소 농도의 측정값이라든가 한반도 상공에까지 다다른 오존층의

급속한 잠식에 대해 아주 곤혹스러워한다

이따금씩 빙하 시대가 도래한 원인에 대해

열띤 토론을 벌이는 畵像會議도 갖는다. 확률의 노예.

화면이 갑자기 어두워지면서 가짜 야경의 연출.

엷은 무늬를 스크린처럼 깐 소프트 필터

이 거대한 인공 도시에 유일하게 종이학 하나 날고 있구나

신령한 생명처럼.

잔인하도록 투명한 집단적인 소멸처럼

빌딩의 온갖 선전 그림과 간판들은 印畵되면서 그렇게 희미해져가고 있었다. 빠르게시리. 오르가슴처럼.

햇빛에 노출되자 순식간에 채색이 벗겨지는

옛 무덤의 벽화처럼 그렇게. 제길! 순식간의 섬광.

禪畫 1

흰 눈 언덕 위의
작은 암자
눈을 쓸어낸 더럽혀진 작은 공간
그 위로 짧은 빗살 무늬 햇살이 노오랗게 쏟아져내
리고 있다
바람, 햇볕, 물소리, 소나무, 참새 두 마리
조용히 화폭에 담겼다

한데, 누군가 내 등뒤에서 검정 페인트 통을
그림을 향해 힘껏 던져버렸다
지랄발광 솟구는 검은 연기들, 불기둥들 용암처럼
흘러내리는 나의 꿈
꿈의 구정물.

禪畵 2

잘 드는 면도날로
화폭이 북! 찢겨 있다
하지만 산과 계곡의 간명한 선이
한눈에 선화임을 알 수 있게 한다

우리가 자주 찾는 팔공산
동봉이나 서봉에 오를라치면 섬뜩하게 맞닥뜨리게
되는
철탑 안테나들
가장 높은 봉우리를 자르고 세웠다는 그 흉물들이란
정확히 첨탑이 여덟 개, 돔형이 세 개다

오늘 동봉 정상에서 환호하지 않은 채 그냥
하산하려는데 한 사내가 와락 달겨들어
그림을 온통 형체도 없이 난도질하기 시작했다

전쟁 또는 파괴 그 자체러니.

禪畵 3

희고 깨끗한 둥근 달과
여섯 개의 고만고만한 희화적인 산봉우리들
그 아래 절반을 온통 흰 눈밭이 차지하고 있는
오랜 그림 하나가 눈에 들어왔다
한데 내가 다가가자 흰 눈이 차츰
붉게 물드는가 싶더니
어느새 핏빛으로 변해버린 게 아닌가
그 유혈 현장에는 난데없이 극심한 가뭄과 굶주림,
전염병 그리고 대홍수 같은
지구 환란의 장면들이 연속적으로
PC 모니터 화면에 나타났다가 서서히
안개 걷히듯 사라져갔다

선화는 더 이상 선화가 아니다
정갈한 채색도 담백한 공간 운영도 여기엔 이미 없
다.

해거름

　늙은 거지 부부가 한 손을 손차양하고 멀리 바라보
고 선 들녘 초가을.

雪害木

간밤에 내린 폭설로 온 산이 하얗다

온 산이 침묵하고 있었다

이 침묵의 무게로다가 나무 몇 그루 그만

뿌리째 뽑혔구나

산을 지키지 못하고.

秋 史

1

다섯 두둑 대 심고
다섯 두둑 남새 심고
한나절 고요히 앉고
한나절 고요히 앉음.

2

목마른 붓 한 자루
넉넉한 붓 한 자루
두려운 붓 한 자루.

  * 秋史詩를 고쳐씀.

폭포골

골짜기 이켠 저켠에 띄엄띄엄 놓인
큼직한 바위들 그 위에 흰 옷 입은
남녀 선도 수행자들이 마치 전탑처럼 꿈쩍 않고 앉
았구나
폭포수 소리 끊어질 듯 가늘게 이어지고
걸망 멘 풋내기 햇중 하나 마애불을 향해
五體投地하는 모습 절벽 아래 까마아득 보이고
주름살 갈라터진 늙은 바위께에서 나는 대금 소리
새소리마냥 청아하고
그 곁에 멧돼지인지 산짐승 한 마리 어슬렁거리고
이윽고 여기저기 空中浮揚하기 시작하는 이들
중천에 떠 있는 해.

명산 1

줄잡아 쉰 명은 돼뵈는 한 패거리가
눈 녹은 산기슭에 진을 치고 있다 일사불란하게
푸르죽죽하고 불그뎅뎅한 등산복과 등산모에
배낭이며 스틱이며 온갖 장비들로 완전 무장한
산사나이들
아니, 여자 패거리도 군데군데 섞였는데
무슨 등산회니 자연보호니 산을 살리자느니 죽이자
느니
크고 작은 깃발들 앞세운 채
눈 덮인 빛나는 산정수리 단숨에 정복코자 발 동동
구른다
한데, 이들한테 느껴지는 살기 등등함이라니.

명산 2

산길 따라 얼마나 올라섰을까
별안간 눈앞에 펼쳐지는 눈꽃밭
마치 별천지 산그늘에 다다른 느낌이다
썩 깨끗하고 빼어난 눈꽃들의 이 비밀스런 경치에
한동안 넋놓고 갇혔다가
積雪 밟으며 또 몇 발짝 더 올랐을까
무슨 놈의 비밀 결사대 같은 무표정한 사내 몇이
삥 둘러앉아
돼지고기 구우며 박주를 소리없이 마셔대고
이 고약한 연기 걷어내기를 하고 있는 명산.

덫

　사향내가 나서 다가가니 까만 궁노루 똥이 몇 낱 흩어져 있다 눈 위에 누웠다가 방금 떠난 노루의 체온이 느껴진다

　하나 온 산에 덫과 올가미들 쇠붙이 냄새들 올 봄에 비슬산에서 걷어낸 쇠줄이 산을 이루었다.

까치 둥지

　백화점 신축 공사장에 높이 솟은 기중기 한 대
　거기 한쪽 끄트머리에 오만 지푸라기들과 비닐 끈
들로 까치가 둥지를 틀었구나
　생철의 비릿함과 매연 희뿌연 하늘가에 가물가물
떠 있는 섬.

젊은 스님은 그날도

젊은 스님은 그날도 바위 위에 꿈쩍 않고 서서
한나절을 목탁 치며 염불하고 있었다
약사여래불! 그 소리가 어찌 맑고 큰지
멀리서도 잘 들렸는가 하면
그 모습 또한 그날따라 짙은 안개구름하고 잘 어우
러졌다
—수행자의 모습은 저래 구름 같아야지.
—그래 唱音이 저 정도는 돼야지.
우리 일행은 그날 이후 그를 운곡스님이라 불렀다

흰소난야 선생은

흰소난야 선생은 비슬산 꼭대기 5층 석탑이
3층 하늘빛으로 남은 신라 大見寺터
거기 노오란 이끼 낀 바위 틈에 홀로 사시네
선생은 가끔 누더기 차림으로다가 산속을 거니시네
작은 새 한 마리 어깨 위에 얹은 채
신갈나무 산수유 열매 노루귀꽃 우수리꽃 질경이풀
엉겅퀴 구절초 굴참나무 들국화 초롱꽃 개머루 다래
들 곁에 머무시다보면 어느새 산새들이 숱하게 모
여든다네
한데, 몇 달째 선생이 안 보이시는구나.

눈굴(窟) 1

　눈발이 갈수록 세게 휘몰아쳐 지척을 분간키 어려
웠다 눈빛 형형한 노스님네는 어렵사리 눈굴을 파고
들어가 온기를 겨우 되찾는다 한쪽에 바위인지 흙더
미인지 고목 등걸인지 네댓 뼘 삐져나온 게 있었다
자세히 살피니 썩을 대로 썩은 전나무 그루터기다 거
지반 흙이 돼가는 내 손등을 갖다 대본다 나는 어느
결에 정좌하고 숨을 고르고 있었다 내 무르팍 밑으로
이름 모를 山草 파릇파릇한 이파리 보일락하고 황홀
하구나 누가 이 흰 무지개의 신비를 알리 나는 장삼
과 걸망과 함께 쭈글쭈글한 내 몸뚱이를 잠깐 앉혀둔
채 눈 덮인 산야를 한바퀴 휘둘러보고 있다.

눈굴 2

　눈이 사흘째 계속되고 있었다 노스님네는 이 동안
곡기를 끊은 채 소금과 눈 녹인 물로 허기를 달랬다
아니 허기는 본시 그가 느끼는 바 아니었다 노인이
뼈마디 소리 내며 두 다리 뻗고 누웠을 적에 발치에
서 웬 생명의 기운을 느낄 수 있었다 거기 얼음 깨고
동면하는 물고기를 잡아올리지 않더라도 절로 느껴지
는 기운이었다 땅굴 속에 웅크린 등줄쥐 한 마리조차
지그시 감은 내 눈에 시방 또렷이 보인다 '불됴심'이
라 음각한 새 표지석도 눈 속에 파묻힌 채 머리맡께
에 있다 노스님네는 그만 몸과 옷가지를 하나의 기운
으로 챙겨 일순 사그라지려는 걸까 결가부좌한 채 아
주 고요하구나.

공해와 오염의 시대, 그 절망과 희망

김　동　원

1 우리의 시대는 행복한 것일까.

대학을 졸업하던 날, 어머니는 내게 이렇게 말씀하셨다. 오늘은 짜장면 사주랴. 나는 그냥 피식 웃었다. 어머니의 세계 속에서 아들에게 사주는 최고의 음식으로 아직도 굳건하게 자리를 지키고 있는 그 짜장면의 변치 않는 위세와, 잰 걸음을 재촉하며 숨이 턱에 오를 정도로 좇아가도 따라잡기 힘든 요즘 세상에서, 그렇게 변화와 무관하게 행보를 멈추고 있는 듯한 어머니의 여유로움이 부럽고, 또 그냥 좋아 보여 아무 말 안 하고 나는 웃었다. 그래, 그것은 우리들에게 최고의 음식이었다. 하지만 이제 나는 우리의 아이에게 그 음식의 이름을 거의 입에 올리지 않는다. 대신 나는 피자로 아이의 입맛을 맞춘다. 짜장면이 가난하던 시절을 대변하는 음식의 대명사라면 우리의 아이들이 성장하는 이 시대는 피자라는 음식이 그 풍요를 대변한다. 아이가 이 집 피자는 맛이 없다며 포크를 내려놓으면 입맛에도 맞지 않는 그 음식의 나머지는 꾸역꾸역 내 차지가 된다. 음식은 넘쳐나고 아이는 맛이 없다는 이유로 그것을 버린다. 나의 이 시대는 행복한 것일까.

내가 친하게 접하며 가까이 하고 자란 말은 시장이었지만 우리의 아이는 백화점이란 말과 더 친분이 두텁다. 아이가 미미 인형인가 뭔가를 사달라고 조르고 내가 돈이 없다고 하면 아이는 말한다. 그럼 아빠, 카드로 긁으면 되잖아요. 내가 연필을 깎으려고 칼을 찾으면 아이는 말한다. 에이, 아빠는 연필을 무슨 칼로 깎냐. 저희 작은고모가 초등학교 6학년이 다되어서야 장만했던 연필깎이가 태어날 때부터 자기 것이었던 아이는 자신이 원하는 것이면 거의 무엇이나 손에 넣을 정도로 풍요의 시대를 살아간다. 나의 이 시대는 행복한 것일까.

사람들이 행복을 말할 때 그들의 시선은 이 시대가 그들에게 안겨주고 있는 물질적 풍요에 그 초점을 모은다. 우리의 것이었던 옛 시절의 가난은 이제 그 흔적을 찾아보기 어렵다. 그 흔적은 기억의 공간 속에나 남아 있을 뿐이다. 기억을 들추어 그 흔적을 뒤져보면 "그 시절 동대문 전차 종점께의 청계천변엔/미제 콜라, 맥주 깡통 들로 지붕한 판잣집들이/게딱지처럼 다닥따닥 붙어 있었"(p. 46)고 "집이란 집은 모두 놋요강처럼 누렇게 부황뜬 얼굴"(p. 48)이었다. 그곳의 아침은 결코 풍요와는 거리가 멀었다.

아침이면 변소칸 앞에 왕창 줄서 서성이는 이들
무시로 울며 껄떡이는 아이들
줄넘기하는 코흘리개 계집아이들   ──「청계천변 3」

"야근조의 딸년 하나 파김치돼 여태/공장 탈의실에
쓰러"져 있는데 "동짓달 기나긴 밤 두 딸년 기다리며/해
소기침 소리 깊어가"던 "박씨"의 "그 시절 청계천변의
밤은/어둠보다 더 깊고 더 절망"(p. 49)적이었다. 그러
나 이제 그 시절은 사라져버렸다. 물리적 시간으로 보면
손만 내밀어도 잡힐 것 같은 가까운 거리에 있었던 그
가난은 느낌으로 더듬어보면 희미할 정도로 시간의 폭
을 크게 벌리며 우리의 곁으로부터 멀리 물러났다. 이제
우리들이 그 시절의 회상으로부터 전해받는 시간적 느
낌은 "아득함"(p. 13)이다. 어른들은 아이들에게 말한다.
이 시대는 풍요의 시대라고. 없는 것 없이 사는 요즘의
너희들은 행복한 것이라고. 정말 나의 이 시대는 행복한
것일까.

  최석하의 이번 시집을 읽어가다보면 그렇게 반복되는
질문 하나가 자꾸 고개를 쳐든다. 그것은 바로 우리 시
대의 행복에 대한 의구심이다. 배고픔은 사라졌고 대부
분의 사람들은 살 만큼 살게 되었다. 그러나 최석하는
이 풍요의 시대를 사는 우리들에게 행복을 되묻게 만든
다. 그런 질문이 자꾸 고개를 드는 그의 이번 시집 『희
귀식물 엄지호』에 대한 기행은 산과 섬을 찾는 자연으로
의 여행으로부터 시작된다.

2 나는 먼저 최석하의 발길을 따라 '보성암'을 오르는 그의 등산길에 함께한다. 암자로 오르는 길을 따라 걸음을 옮겨놓으며 나는 신선한 공기와 새들의 노랫소리, 그리고 나무숲을 기대한다. 그러나 나의 기대는 빗나간다. "쉬엄쉬엄 오"르는 "보성암" 등산길에서 우리의 시선을 맞는 것은 각종 "푯말"이고, "산성눈"이며, "연탄들"이다.

> 산 곳곳에 꽂힌 푯말들이 사람들을 힐끗힐끗 붙잡는다
> ──차량통행금지, 자연보호, 취사금지, 쓰레기를 함부로
>   버리지 맙시다, 자수광명, 산불조심, 자연보호, 자연
>   보호
> 멀리 대웅보전의 처마끝에선 산성눈이 기왓골 타고 녹아
> 내리고 있었다
> 물줄기의 반짝거림 눈부심
> 한켠에 연탄들이 잔뜩 쌓였는데 산토끼 한 마리 후닥닥 바
> 위 밑으로 달아나고   ──「등산」

산이란 말이 우리들에게 습관적으로 불러일으키는 느낌은 조용함과 한적함이었다. 특히 그곳에 산사가 자리잡고 있을 경우 산의 그러한 사색적 느낌은 더더욱 강화된다. 그러나 이제 그곳의 현실은 온갖 구호를 외치며 우리의 발걸음을 막는 팻말들의 고함으로 가득 찬 시끄러움이다. 이러한 경험은 시인의 또 다른 등산길에서도 예외가 없다.

무슨 등산회니 자연보호니 산을 살리자느니 죽이자느니
크고 작은 깃발들 앞세운 채
눈 덮인 빛나는 산정수리 단숨에 정복코자 발 동동 구른다
한데, 이들한테 느껴지는 살기 등등함이라니.
　　　　　　　　　　　　　　　　　──「명산 1」

　산길 따라 얼마를 올라섰을 때 "별안간 눈앞에 펼쳐
지는 눈꽃밭"에 "마치 별천지 산그늘에 다다른 느낌"을
받는 것도 잠시, "무슨 놈의 비밀 결사대 같은 무표정
한 사내 몇이 삥 둘러앉아/돼지고기 구우며 박주를 소
리없이 마셔대고" 있는 현실 앞에서 시인이 본 것은
"고약한 연기 걷어내기를 하고 있는 명산"(p. 114)의 진
저리였다. 이제 산으로 걸음한 우리들은 그곳에서 자연
과 하나되어 잠시 머물고 사색하다 돌아오는 것이 아니
라 자연의 정복자였으며 달갑지 않은 침입자였다. "희디
흰 눈 속에 피어난 춘란 한 포기"는 그 "잎새"가 지닌
"유연한 곡선"의 "조촐한 品으로 나를 껴안고/산을 껴안
고 삼라만상을 껴안"으며 자연의 조화를 이르고 있었지
만 스님들이 공부하는 곳은 사람들을 껴안기보다 그들
을 내치는 문구로 차단되어 있었다.

　　　──경고. 이곳은 스님들이 공부하는 곳입니다. 무단 출입
　　　　시에는 정신적 육체적 문책을 당함.　　　──「등산」

　"흰 눈"이 내린 "언덕 위"에 "작은 암자"가 하나 있고
"그 위로 짧은 빗살 무늬 햇살이 노오랗게 쏟아져내리"

는 산풍경을 상상해보자. 그 위에 "바람, 햇볕, 물소리, 소나무, 참새 두 마리"를 얹어놓으면 산풍경은 곧바로 "조용히 화폭에 담"기면서 한 폭의 선화가 된다. 그러나 그런 선화는 지금 우리들 곁에 없다. 지금 우리들의 자연은 누군가 등뒤에서 "검정 페인트 통을/그림을 향해 힘껏 던져버"린 그림, "꿈의 구정물"(p. 106)에 불과하다. "산과 계곡의 간명한 선"으로 "한눈에 선화임을 알 수 있"었던 "팔공산"도 "화폭이 북! 찢겨"진 상흔으로 깊은 흉터를 안고 있다. "동봉이나 서봉에 오를라치면 섬뜩하게 맞닥뜨리게 되는/철탑 안테나들/가장 높은 봉우리를 자르고 세웠다는 그 흉물들이" 화폭을 찢어낸 "잘 드는 면도날"(p. 107)의 실체이며 오늘의 자연이 몸살을 앓고 있는 현실이기도 하다.

산에 섰을 때 그리하여 시인은 말한다.

　　선화는 더 이상 선화가 아니다
　　정갈한 채색도 담백한 공간 운영도 여기엔 이미 없다.
　　　　　　　　　　　　　　　　　　　　　　—「禪畵 3」

이제 산을 찾아간 우리들에게 "희고 깨끗한 둥근 달과/여섯 개의 고만고만한 회화적인 산봉우리들"이 엮어내는 선화와도 같은 풍경은 없다. 그것은 오랜 과거의 일일 뿐이다. 자연이란 이름의 원래 의미에 값하는 산은 더 이상 우리 곁에 없다.

그러한 상실은 바다에서도 마찬가지로 이어진다. 그 경험은 시인의 행보를 따라 '푸른 섬'으로 향하는 뱃전에서부터 시작된다. 내가 기대한 것은 "넓고 푸른 바다와 눈부신 햇빛"(p. 29)이었지만 "잔잔히 일렁이는 파도"와 "구름 한 점 없"는 맑은 날씨 속에 시작된 섬으로의 뱃길은 벌써 난장판으로 채워지고 있었다.

　　갑판 한복판에선 한창 와자지껄 화투판이 벌어지고 있었다 한쪽에선 고기 굽는 냄새들 종이 술잔과 음료 깡통들이 나뒹구는가 하면 다른 한쪽에선 손뼉 치며 노래부르는 젊은 패들 춤추는 아낙네들 더러 뱃전에서 뱃멀미를 심히 하고 토해쌌고 선루의 선장은 조는지 꿈쩍 않고 몇 대의 카메라가 이 난장판을 담고 있었다　　　　　　──「푸른 섬 1」

섬에 닿으면 사태는 더욱 심각해진다. "바위너설마다 마치 소라딱지처럼 들러붙은 낚시꾼들"이 "낚싯줄과 함께 무심코 내던지는 라면 봉지들이 깡통이며 나무토막이며 썩지 않은 스티로폼이며 오만 잡동사니들에 섞여 떠다녀 기름띠처럼 몰려다"니고 있다. 물 위뿐만이 아니다. "수초 사이로 점점이 사라지는 물고기떼"를 좇아 시선을 바닷속으로 디밀어보면 그곳에선 "모래에 파묻힌 박카스병과 헌 구두짝"(p. 20)이 고개를 내밀며 우리의 시선을 걸고 넘어진다. 또 물밑의 "산호공원"에서 "무리져 다니는 온갖 물고기떼며 해조류"를 좇던 시선은 "그 사이를 비집고 들어가/산호 가지 끝에 매달린 채/꼬리재롱" 떨고 있는 "웬 검정 비닐 보자기"에 걸리고 만다. "사람 손이 닿지 않"을 것 같은 가파른 섬의 "벼랑"을 쳐다보면 그곳엔 "햇볕에 반짝거리는" "우유팩 하나"가

"벼랑에 걸려 있"(p. 21)다. 시인은 이제 "이 푸르른 공간을 온통 메운 수천, 수만 마리의 괭이갈매기떼들"(p. 19)이 토해내는 울음 소리에서 섬의 "울부짖음"을 듣는다.

> 괙 꽥 꽥 액 꽥 꽥 꽥 꽥 꽤 액 액 액 꽥 꽥 꽥 꽥 꽥
> 꽥 꽥 괙 괙 괘 괘 괘 괘 괘
> 색안경 낀 사람들의 침입을
> 사생결단으로 가로막는 이 울부짖음들
>   ──「푸른 섬 2」

시인에게 괭이갈매기의 울음 소리는 단순하지 않다. '꽥' 소리는 단순한 울음 소리의 차원을 넘어 그들이 처한 현실의 다급함을 알리는 전언으로 와 닿는다. '액'은 그들이 당하고 있는 현실이 하나의 재앙〔액(厄)〕임을 외치고 있다는 느낌이 되기에 충분하다. '괘'는 우리들 쪽을 향하여, 흉한 괴물의 출현에, 괴물이란 말을 미처 못다 잇고, 그저 첫자만을 잘라 다급하게 외치고 있는 듯이 들린다. "섬은 점령당하고 있었"으며 "괭이갈매기"의 울부짖음은 새의 울음 소리가 아니라 섬의 신음 소리였다.

> 섬은 온통 울부짖고 있었다.   ──「푸른 섬 3」

최석하가 그린 우리 시대의 삽화는 이 시대가 풍요의 시대가 아니라 죽음의 시대이며 병으로 신음하는 고통

의 시대임을 일러주고 있다. '쇠백로'가 "외톨이가 된
지 이틀 만에" "이름 모를 물고기 잔챙이 한 마리"를 쪼
아서 먹은 뒤 "역한 냄새와 함께 복통을 일으"(p. 28)켜
죽어가는 시대가 우리들의 시대이다. "공장 굴뚝의 허연
연기가 거의 끊긴 곳까지" "먼 길"을 걸어 "산간 계곡"
을 찾아간 발길 끝에서도 우리 시대의 현실은 우리들을
놓아주지 않는다. "두께가 10cm는 될 성싶은 얼음판"에
"얼음 구멍"을 파고 "모닥불과 물밑 수초 위로 더디게
움직이는 지렁이와 팽팽한 긴장과/낚싯줄과 손의 굳은
살과 턱뼈를 괸 채,/잠이 덜 깬 붕어 두 마리"를 건져올
려보지만 벌써 시선은 "그 중 한 놈의 등이 굽었는지 들
여다"(p. 34)보아야 한다. 녹슨 것은 "동해안 따라 끝도
없이 쳐진" "철조망"(p. 35)에 그치지 않는다. 모래 땅이
녹슬고 바다는 모두 병들었다.

　　녹슨 모래 땅
　　녹슨 바다. 　　　　　　　　　　　　—「녹슨 바다」

　이제 누가 물질의 풍요를 앞에 내세워 이 시대의 행
복을 입에 올릴 수 있겠는가. 대다수의 사람들이 삶을
영위하는 우리의 도시, "밀려드는 매연과 차소리, 인파
들, 정치 구호들의 한복판"(p. 72)으로 시선을 옮겨보면
더더욱 행복이란 말은 우리들의 삶과 거리를 벌린다.
"창밖으로 흐르는 회색 콘크리트/배경이 비정하게시리
겹쳐"(p. 93)오는 이 도시에선 "차창이 희뿌옇고 코끝이
매캐해지며 눈앞이 금방 띠끔띠끔 부유 분진과 검댕 속

을 밀어붙이"(p. 84)는 오염된 대기가 우리의 숨쉴 양식이며 "가도가도 뵈는 건 먼지 속의 콘크리트 숲뿐, 잿빛뿐, / 환장하게 후리는 차바퀴 소리뿐"(p. 86)인 삭막함과 소음이 바로 우리 시대 삶의 현실이다.

3 우리의 시대가 풍요를 쌓아올리며 밀어낸 것은 가난이 아니라 자연의 맑음과 깨끗함이었다. 그러나 우리의 곁에선 자연만이 병들어 밀려난 것이 아니라 우리들 인간도 병들어 쓰러지며 죽어갔다. 우리 사회가 밟아온 변화의 속도는 너무도 빨라 "한때" "전국 각지로부터 온갖 사람들이" 다 "모여든다고 해서" "13도 공화국"이라 불렀던 탄광촌을 한 순간에 "어느새 폐허의 구멍으로 뻥 뚫"어버리고, "탄광 막장말고는 빌붙을 데 없는 몸"들에게 "진폐증"을 안겨버렸으며 그대로 그곳의 "시간은 영 멈"(p. 38~44) 추어버렸다. "공장의 열악한 작업 환경" 속에서 "수은 중독"이 된 한 공장 노동자도 "때 절은 지폐 다달이 손에 쥐는 재미 하나로 / 이 공장 저 작업장 돌아치며 / 삼십 줄에 애늙은이 새치머리 되도록 버텨온"(p. 52) 끝에 얻은 것은 결국 병과 일자리의 상실이었다.

사람들은 말할지 모른다. 경쟁의 시대가 남긴 어쩔 수 없는 결과가 아니겠는가? 그러나 시인의 견해는 다르다. 그는 소매치기가 다른 사람의 주머니를 슬쩍하여 누리는 물질의 풍요가 공정한 경쟁의 결과라고 말할 수 있겠느냐고 되묻는다. 사람들도 시인의 말에 지지 않는다. 나는 소매치기가 아닌데. 나는 선량한 시민인데. 그러나 그런 얘기를 단호하게 입에 담기엔 계속되는 시인

의 소매치기 얘기가 우리들의 말문을 막는다. 시인은
"33세 해맑은 얼굴의 수줍은 소매치기 두목"의 얘기를
이렇게 전하고 있다.

> 그가 털어놓은 과거사는 정말 엉뚱했네
> 그는 일찍이 소매치기 패거리한테가 아니라
> 다른 선량한 사람들한테 무수히 사기당하고
> 배신당하고, 얻어터지고, 실신당하고, 실연당하고
> 무수히 감방을 들락거리며
> 일테면 돈에 속고 사랑에 속았네   ──「나는 소매치기」

처음 시인이 소매치기란 비유를 들어 우리들 모두에
게 그 죄명을 덧씌우려 했을 때 우리들의 반응은 일부란
말로 제한적인 테두리를 그으며 그 속에 몇 사람을 가두
고 그들에게 그 죄명을 덮어씌우고는 우리들 자신은 그
테두리로부터 여유롭게 벗어나려는 것이었다. 그러나
시인은 그 테두리로부터 어느 누구도 자유로울 수 없음
을 그 자신의 목소리를 빌려 말하며 풍요의 시대를 일구
어온 우리들 모두에게 그 죄명을 낙인찍고 있다.

> 그뒤 어느 날 우린 서로 만원 버스칸에서 맞닥뜨렸는데
> 나는 쪼다같이 말 한마디 건네지 못했네
> 한데 순간 나는 앞뒤 옆옆으로 나 자신의 모습들을 발견해
> 야 했네
> 제일의 바람잡이와 제이의 바람잡이와 제삼의 바람잡이들
> 내 손바닥에 감춰진 면도날

나는 칼을 입 안에다 물면서 혁띠 뒤에 숨기면서
그 동안 얼마나 많은 사람들을 노려왔던가
복잡한 역 대합실에서 남의 양심의 주머니들을 째고, 빼고
———「나는 소매치기」

누가 경쟁은 공정했다고 말할 수 있을까. 우리 시대
의 풍요는 우리의 이웃이 그들의 양심을 지키며 살아가
기엔 너무도 힘겨운 삶의 무게를 강요하며 풍요에 못지
않은 어두운 그림자와 그늘을 키우며 오늘에 이르렀다.
"만상삼라에 어느 것 하나 자연스런 움직임이라곤/없"건
만 "이 위화감을" "전혀 눈치채지 못하"(p. 94)고 살아가
는 자기 기만의 시대가 바로 우리 시대의 모습이다.

4 최석하의 눈에 우리의 시대는 절망적이다. 그는
그 절망을 노래와 타령으로 넘어보려 한다.

어화잘난농부들아꽹과리꽝당치고햇빛한탄들어보소없는소
리들어보소없는빛도쳐다보소살판났네살판났어햇빛이라좋을
씨구너무밝아미치도다어따이눔의햇덩이어찌이리눈부시냐아
무것도못보겠다바람한점없는바람겹겹이도막혔구나천만가지
어둠이라낙자없는야밤일세살판났어소경돼점을치고박지돼날
아도보소오르곰내리곰하늘에랴땅에랴내구멍이어디메뇨얼싸
둥둥쭈욱쭉난다이리한참을풍악으로나는데굴속굴이끝도없는
굴뚝이되었구나나무아미타부울   ———「노래 1」전문

발 빠른 시대의 변화에서 뒤로 밀리는 사람들에게 세

상 헤쳐갈 힘을 가져다주고 싶을 때 그의 시는 타령이 된다. 그리하여 "우그러진 양은에 쇳동가리, 헌 종이들을 먹고" 사는 "넝마 공동체" 사람들의 얘기는 이렇게 "각설이" 타령으로 마무리된다.

> 일자나 한자를 들고나 봐라
> 어얼 씨구씨구 들어간다 저얼 씨구씨구 들어간다
>
> ──「타령」

그러나 그가 부르는 노래와 타령은 이 현실을 견뎌가는 힘이지 미래를 여는 희망의 힘은 아니다. 그래서 노래와 타령의 느낌은 처연하다.

우리에게 정녕 희망은 없는 것일까.

이제 우리에게 목가적 풍경의 자연은 더 이상 없다. 그런 시대에 시인이 자연을 전원적 채색으로 화폭에 담고 있다면 그것은 환영의 속임수에 불과하거나 위선에 다름아닐 것이다. 그 때문인지 최석하의 시들은 우리의 시대를 있는 그대로의 절망적 풍경으로 드러내는 데 어김이 없다. 그리고 그 그림들 앞에서 우리들이 받게 되는 느낌은 절망이었다. 그러나 나는 그 절망 속에서 그가 뿌려놓은 작은 희망의 씨앗을 함께 볼 수 있었다. 그 희망은 그의 이번 시집에서 꽃으로 피고 있었다. 사실 최석하는 그의 이번 시집을 꽃으로 열고 있다. 꽃은 복수초와 벚꽃이다. 복수초는 겨울을 이기고 핀다. 벚꽃은 봄이 왔음을 알린다.

음력 정월 흰 눈밭에 마치 저항하듯 노오란 꽃잎 내미는
풀꽃 福壽草가 멀리 신라 문무왕 수중릉이 내려다뵈는 벌산
에 뿌리 뻗쳐 나란히 몇 포기 피어났기로 구길국민학교 어린
이들이 마구 재잘댄다 남쪽 아래로는 감은사지 두 탑신이 지
켜섰고

　일본놈 복수할라고 핀다 카재.
　앙이다, 그냥 고와서 안피나.
　그라믄 와 이름이 복수초고?
　북한 괴뢰군한테 이길라고 피는 기라.
　맞다. 맞다.
　야, 여어도 폈다.　　　　　　　　　　　——「복수초」전문

　두 번, 세 번 시를 읽으며 나는 풀꽃으로부터 아이들
의 대화가 피어나고 있다는 느낌에 접한다. 아니 풀꽃이
아이들의 대화를 일으킨다. 그 느낌이 바로 내가 읽은
작은 희망 중의 하나이다. "색안경 낀 사람들의 침입을/
사생결단으로 가로막"던 팽이갈매기떼의 울음 소리와
그렇게 갈라선 자연과 우리들의 절연된 경험이 아직도
생생한 내게 아이들의 대화를 일으켜세우는 이 작은 풀
꽃의 호흡은 큰 희망으로 와 닿는다. 이제 국민학교의
이름도 예사롭지 않다. 구길? 길을 찾았다는 뜻일까?

　도청 공보계장 엄지호는 이 시대의 희귀식물이다
　음지에서 자라는 이름 모를 민초를 빼닮았다 눈빛과 목소
리가 그렇고 숱한 남의 자식 키워 장가보내는 마음씨가 또한

그렇다 며칠 전 그가 혼주 되던 날 바람은 왜 또 그리 세차
게 불던지
　　그가 늘상 지니고 다니는 마른버짐 같은 오랜 수첩에는
　　이런 숫자 놀음이 적혀 있다
　　내게 더 큰 위안을 주는 이유다

　　1982. 4. 16. 1983. 4. 14. 1984. 4. 17. 1985. 4. 13.
　　1986. 4. 11. 1987. 4. 8. 1988. 4. 13. 1989. 4. 4.
　　1990. 4. 2. 1991. 4. 12. 1992. 4. 4. 1993. 4. 7.
　　1994. 4. 6. 1995. 4. 8.

　　　　　　　　　　—벚꽃 만개일—
　　　　　　　　　　　　—「희귀식물 엄지호」 전문

　　처음 시를 읽었을 때 벚꽃 만개일을 알리는 숫자들은
그저 그의 수첩 속의 글자였다. 그러나 두 번, 세 번 거
듭 읽으며 나는 마치 벚꽃으로 오는 봄이 "도청 공보계
장 엄지호"의 "마음씨"로부터 오고 있다는 느낌을 전해
받기 시작한다. 네 번을 읽고 다섯 번을 읽었을 때 그런
느낌은 더더욱 강화된다. 시집의 첫 자리에서 한 인간의
따뜻한 마음씨가 꽃의 봄을 열어주며 다시 자연과 하나
되는 희망을 보여주더니 곧바로 그 뒷자리에서 자연과
인간이 절연된 우리 시대의 절망을 딛고 풀꽃 몇 포기가
아이들의 티없는 대화를 일으키며 그들과 하나되고 있
었다.
　　공해와 오염의 이 시대를 말하며 세상의 절망을 보여

주는 한편으로 이렇게 작은 희망의 씨톨을 마련한 것은 시인의 몫이었지만 이제 그 씨톨을 키워가야 하는 것은 너와 나, 그리고 이 시대를 살아가는 우리 모두의 몫이 다. ▨